D1725403

Helena Iko Blóm

So tickt Island

Impressum:

Der Großteil der Geschichten basiert auf wahren Begebenheiten.

Titelbild und Bilder im Innenteil mit freundlicher Genehmigung von Àrni Hjörleifsson

Titelbildgestaltung: Yvonne Krumm

Lektorat: Ulrike Weinhart

1. Auflage 2016

www.tierbuchverlag.de

ISBN 978-3-944464-44-2

Für Brynja

INHALT

VORWORT

Als ich vor einigen Jahren nach Island auswanderte, hatte ich drei gute Gründe dafür. Erstens war ich bis über beide Ohren in einen Isländer verliebt. Zweitens hatte mich die Insel mit ihrer beeindruckenden Natur verzaubert und drittens war es die Heimat meiner geliebten Pferde.

Ich habe meinen Entschluss nie bereut, ganz im Gegenteil: Im Laufe der Jahre sind noch zahlreiche weitere Gründe hinzugekommen, warum ich „meine" Insel so gernhabe.

Einer davon ist: Island hat sehr entspannte Bewohner, die sich –þetta Reddast (bleib gelassen - wir schaffen das) auf ihre Fahne geschrieben haben. Diese Gelassenheit spürt man überall. Hier hupt keiner, wenn ihm ein Verkehrsteilnehmer im Wege ist - hier wartet man. Und zwar so lange, bis der Vordermann mit seinem Smalltalk mit dem Nachbarn fertig ist und weiterfährt. Hier werden einem die Zigaretten am Drive-in-Schalter der Tankstelle mit einem freundlichen Lächeln hinausgereicht, bevor man überhaupt welche bestellt hat. Und manchmal passiert es auch, dass ein Bußgeldbescheid immer wieder durch den freundlichen Zusteller angemahnt, aber niemals durchgesetzt wird.

Manche der isländischen Eigenarten, die im Zusammenhang mit dem allgemeinen Entspannt-Sein stehen muteten mich als Einwanderin zu Beginn merkwürdig an. Zum Beispiel, dass man abends durchaus Menschen begegnen kann, die in der Pyjama-Hose in der Eisdiele oder an der Tankstelle auftauchen, um sich ein Softeis oder eine Cola zu kaufen. Eine wundervolle Lässigkeit, die ich inzwischen nur zu gerne auch für mich übernommen habe.

Ein anderer Grund ist: Ich weiß, dass ich in einem der sichersten Länder der Welt lebe. Ich muss nicht ständig Angst um mein Leben oder meine Geldbörse haben, wenn ich mich auf den öffentlichen Straßen der Hauptstadt bewege, auch nachts nicht, und ich mache mir keine Sorgen über die unverschlossene Haustür. Regelrecht charmant finde ich die meisten isländischen Gefängnisse. Sie sehen aus wie normale Wohnhäuser, hohe Zäune oder Sicherungsanlagen sucht man dort vergeblich. Wohin sollten isländische Verbrecher auch fliehen? Sollen sie über den Nordatlantik schwimmen?

Wenn man aus einem Land zugezogen ist, das 80 Millionen Einwohner hat, stolpert man in Island über eine weitere skurril anmutende Tatsache: Isländer, die sie sich frisch verlieben, schauen oftmals im „Buch der Isländer" oder der landeseigenen App nach, ob sie vielleicht miteinander verwandt sind. Manchmal kann es vorkommen, dass sie Cousins und Cousinen zweiten oder dritten Grades nicht kennen. Die Wahrscheinlichkeit, dass das eintritt, ist bei einer Einwohneranzahl von 337.000 Menschen nämlich gar nicht so klein.

Erstaunlich ist für mich auch die Tatsache, dass ein so kleines Volk die Weltöffentlichkeit so gekonnt auf sich ziehen. Die isländische Handballnationalmannschaft sichert sich regelmäßig einen vorderen Platz in der Weltrangliste. Ebenso regelmäßig wird irgendein Isländer zum stärksten Mann der Welt gekürt und die Turnerinnen zu Europameistern. Die isländischen Frauen sind so attraktiv, dass sie ständig Schönheitswettbewerbe gewinnen, und zuletzt machte die isländische Fußballnationalmannschaft mit einem engagierten, erstklassigen Spiel und ihrem urigen „HU" auf sich aufmerksam.

Sicher ist auch der Erfindergeist eine ur-isländische Eigenschaft. Bevor ausländisches Bier im Jahr 1989 importiert wurde, vermischten die Isländer das landesübliche Leichtpils mit Brennivin, dem isländischen Kartoffelschnaps, um ein stärkeres „Bier" zu erschaffen. Das mag nur etwas für unerschrockene Gemüter gewesen sein. Inzwischen gehören die Isländer aber zu den erfolgreichsten Nationen, was das Bierbrauen betrifft und haben bereits den Weltmeistertitel mit einer landeseigenen Marke errungen. Und auch in kulinarischer Hinsicht hat Island viel zu bieten, viel mehr als Hákarl – den berühmten fermentierten Haifisch. Islands Köche gehören zu den Besten der Welt, denn viele von ihnen haben weltweit Auszeichnungen gewonnen und können mit allerlei kulinarischen Leckerbissen aufwarten. Serviert werden diese unter anderem in der Perlan, diesem architektonisch interessanten und imposanten Gebäude im Herzen Reykjaviks, welches zu den weltbesten Drehrestaurants gehört. An dieser Stelle möchte ich auf ein paar Gerichte verweisen, die man unbedingt probieren sollte, wenn ein Islandbesuch geplant ist: Fohlensteak mit handgemachter Sauce Bérnaise – Lammfilet in Lakritzsoße – Hummersuppe und Rentierpastete. Aber Achtung, beim Genuss dieser Speisen wird der Geldbeutel erheblich erleichtert.

Und ja, Sie haben richtig gelesen: Hrossakkjöt, Pferdefleisch, findet sich in fast allen Restaurants des Landes – es ist hier so normal Pferdefleisch zu genießen wie köstlichen Fisch oder Lammfleisch zu essen. Die Pferde gehören zum Leben der Isländer dazu, jeder Vierte aus der Bevölkerung reitet oder hat es zumindest schon einmal versucht und die robusten, sympathischen Pferde sind zum Exportschlager aufgestiegen und haben es dabei sogar bis nach Neuseeland geschafft. Und eben auch auf die Teller der Einheimischen.

Die Isländer sind fleißig. Viele haben entweder zwei Jobs oder betätigen sich künstlerisch. Zwei Jobs muss man hier fast haben, denn dieses Land ist eines der teuersten der Welt.

Auf künstlerischem Gebiet sind die Einheimischen vielleicht deshalb so erfolgreich, weil die Winter trist, kalt und dunkel sind. Dann kommen die Menschen entweder zusammen, um zu musizieren oder auch, um diese wundervoll warmen Islandpullover zu stricken. Oder sie malen und schreiben in der Einsamkeit. Und das hat sich bis heute nicht verändert. Das liegt den Isländern im Blut, schätze ich, und verweise auf die vielen herausragenden Schriftsteller, Literaturnobelpreisträger eingeschlossen, die vom Land, vom Leben und den vielen Sagen und Märchen Islands erzählen.

Und wer denkt, dass solche Sagen ein Teil der isländischen Vergangenheit sind, der sei belehrt, dass heutzutage die Nachrichten durchaus einmal darüber berichten, wenn irgendwo eine Elfe gesichtet wurde. Und mein Mann erklärt todernst, dass ein Geist in seinem Auto mitgefahren sei und so dafür gesorgt habe, dass er im Schneesturm sicher am *Litla-Kaffistofan* auf dem Gebirgszug *Hellisheidi* ankam. Das sagt er aus tiefster Überzeugung und im Glauben an das Althergebrachte.

So tickt Island – es ist einzigartig, liebenswert und skurril und es gibt deutlich mehr als drei Gründe, dieses Land und seine Bewohner zu lieben.

INFERNO

Die Douglas DC-3 war in aller Eile gestartet und nahm Kurs auf die Insel Heimaey. An Bord waren lediglich der Pilot, ein paar Feuerwehrleute, mein Freund Birkir und ich. Unruhig rutschte ich in meinem Sitz hin und her und blätterte nervös in der Tageszeitung von gestern, die ich in dem Netz vor mir gefunden hatte.

Als Birkir mir vor einer Stunde die Nachricht hatte überbringen lassen, dass er bei dieser Aktion dringend meine Hilfe brauchte, hatte ich auf dem Pferd gesessen und für das nächste Sportereignis trainiert. Das war mein Arbeitsalltag als Berufsreiter.

Nun war ich auf diesem übereilten Flug in ein Inferno unterwegs. Und alles, was ich wusste, war, dass die Bewohner schon in der Nacht evakuiert worden waren. Wie ein Lauffeuer hatte sich verbreitet, dass alle Fischerboote wegen des Sturms am Vortag im Hafen geblieben waren und daher niemand zu Schaden gekommen war.

Gott sei Dank, dachte ich. *Wer hat auch schon damit gerechnet? Es hat keine Vorzeichen gegeben. Niemand hat eine Vorahnung oder Vermutung gehabt. Diese Katastrophe ist so plötzlich über die Insel hereingebrochen, wie die Sommerstürme, die keiner vorhersagen kann.*

Abrupt wurde ich aus meinen Gedanken gerissen, denn der Flieger setzte bereits zur Landung an. Knapp zwanzig Minuten hatte er von Reykjavik bis hierher gebraucht. In der Hoffnung, beim Landeanflug etwas sehen zu können, drückte ich mich ans Fenster. Doch da war nichts. Nichts außer Dämmerung. Dämmerung? Am helllichten Tag? Ein beklemmendes Gefühl beschlich mich.

Warum hatte ich nicht Nein gesagt, als Birkir mich gebeten hatte zu helfen?

Der Flieger landete und blieb irgendwo auf dem Rollfeld stehen. Birkir hatte neben mir gesessen und während des ganzen Fluges geschwiegen. Normalerweise war er ein cooler Typ mit einem lockeren Mundwerk, doch als wir aufstanden und ich ihn verstohlen ansah, verriet mir der Angstschweiß auf seiner Stirn, dass ich heute einen anderen Birkir zu sehen bekam.

Ein weiterer Blick in die Mienen der Feuerwehrmänner genügte, um meine Unsicherheit noch mehr zu verstärken. Nervosität und Unsicherheit waren aber keine guten Begleiter für eine solche Aufgabe. Ich musste mich unbedingt zur Ruhe zwingen und konzentrierte mich deswegen auf meine Atmung: *Tief ein- und ausatmen, befahl ich mir.*

Dann öffnete der Pilot den Ausstieg und nahezu augenblicklich musste ich husten.

Die hereinströmende Luft war nicht klar und sauber wie sonst, sie war verpestet und bleischwer. Voller Aschepartikel aus mächtigen Wolken, die von einem Himmel geregnet waren, der finster war wie die Nacht.

Giftige Asche, schoss es mir durch den Kopf. Giftige Asche, die meine Bronchien verkleben und mich ersticken lassen könnte. Doch die Feuerwehrmänner waren vorbereitet und drückten uns Atemmasken in die Hände.

Ein Segen, denn ohne diesen Schutz hätte mich niemand aus dem Flieger bekommen.

Unten an der Treppe warteten bereits zwei Jeeps auf uns. Die Feuerwehrmänner stiegen in einen Wagen, Birkir und ich in den anderen. Wir sollten zu verschiedenen Einsatzorten gebracht werden. Je näher wir dem Stadtzentrum von Heimaey kamen, desto klarer wurde mir, dass ich im Vergleich zu diesem wütenden Vulkan kleiner war als das kleinste Insekt dieser Welt. Und vermutlich genauso wenig, wie ein einzelnes Insekt, würde ich ausrichten können.

Der Jeep hielt, wir stiegen aus und stellten uns ganz dicht nebeneinander, als könnten wir uns gegenseitig Schutz geben. Steif wie Statuen und nicht fähig einen Laut von uns zu geben, blickten wir auf das Szenario.

Unfassbar, ging mir durch den Kopf.

Der Vulkan vor uns spie gigantische, feuerrote Lavafontänen in den schwarzen Himmel, die sich auf ihrer Reise in die Höhe teilten, am Berghang herabliefen, sich zu einer zähflüssigen Masse vereinten und wie eine Flutwelle über die Insel walzen wollten. Glühend heiße, alles mit sich reißende Ströme hatten sich bereits vor der Lavawalze gebildet und begruben die ersten Häuser am Hang unter sich. Immer wieder schleuderte der Berg gewaltige Gesteinsbrocken aus seinem Inneren, die krachend irgendwo aufschlugen. Wie ein nicht enden wollender Donnerschlag, brannte sich der Lärm in mein Gehirn. So musste sich ein Krieg anhören.

Wir sollten uns beeilen, dachte ich und schrie Birkir an, der immer noch wie erstarrt war: „Lass uns loslegen!"

Birkir zuckte zusammen, als er meine entschlossene Stimme hörte, und löste sich aus der Starre. Dann riefen wir uns zu, was zu tun war und eilten davon. Jeder von uns in eine andere Richtung. Wir hatten keine Zeit mehr zu verlieren.

Ich rannte zum nächstgelegenen Haus, die Tür war verschlossen. Das war ärgerlich: Ich würde das Fenster einschlagen müssen. Ich zögerte keine Sekunde und griff nach einem Steinbrocken, der vor dem Haus lag. Klirrend zerbarst die Fensterscheibe in tausend Splitter. Dann kletterte ich eilig durch den Fensterrahmen ins Haus. Es war gespenstisch hier, leer, verlassen, ohne Strom. Ich rannte durch jedes Zimmer, schaute in jeder Ecke. Nichts. Dann lief ich zurück zum Fenster, kletterte hinaus und beeilte mich ins nächste Gebäude zu kommen. Hier stand die Tür offen. Wieder durchsuchte ich jedes Zimmer, spähte in jeden Schrank. Wieder nichts. Mir stand der Schweiß auf der Stirn. Kleine Tropfen perlten über meine Augenbrauen und liefen mir in die Augen, die inzwischen brannten, was mir die Sicht erschwerte. Ich wischte mit meinen Händen über das Gesicht und krümmte mich in Hustenanfällen, die immer heftiger wurden, obwohl ich die Atemmaske trug.

Nach einer Stunde trafen Birkir und ich uns vor der Polizeistation wieder: keuchend, vollkommen außer Atem und erschöpft. Gemeinsam hatten wir fast alle Häuser, die noch begehbar waren, abgesucht und schauten jetzt zwei Feuerwehrmännern zu, die einen Kühlschrank aus dem letzten Haus tragen wollten. Sie standen auf der ersten Treppenstufe, die hinunter in den Garten führte, als über ihnen ein glühender Lavabrocken in das Dach einschlug, dann die Holzdecke zertrümmerte und krachend auf den Fußboden fiel. Nahezu zeitgleich ging das Haus in Flammen auf. Sekundenlang bewegungsunfähig verharrten die Feuerwehrmänner auf dem Treppenabsatz. Dann hasteten sie, immer noch mit dem geretteten Kühlschrank in den Händen, die Treppe hinunter und brachten sich in Sicherheit.

Ich fühlte einen eiskalten Schauer über meinem Rücken laufen und sagte in sarkastischem Tonfall: „Nie wieder werde ich dir oder deiner Tierschutz-Organisation helfen! Darauf kannst du Gift nehmen, Birkir!"

Mein Blick glitt an meinen Armen hinab und ich betrachtete geistesabwesend, was ich in den Händen hielt. Mit festem Griff hielt ich mit der einen Hand eine zappelnde Katze im Nacken. Meine andere Hand klammerte sich fest um den Griff eines Papageienkäfigs und unter meinen Arm hatte ich den Karton geklemmt.

Eine Schildkröte, ich hatte eine Schildkröte gerettet.

SCHLAFLOS

Mit stolzgeschwellter Brust lief ich über meine Farm, beschattete mit der Hand die Augen und schaute in die Ferne.

Vor mir lagen vierzig Hektar feinstes Weideland, in gleißenden Sonnenschein getaucht. Endlich waren sie in mein Eigentum übergegangen. Hinzu kamen ein stattliches Farmhaus, ein neuer Stalltrakt, eine Reithalle und eine Scheune, in der Traktoren und Geräte abgestellt waren. Mein Kindheitstraum war in Erfüllung gegangen. Ich war der Eigentümer von allem hier, selbst wenn ich, genau genommen, nicht alleine das Sagen hatte. Aber darüber machte ich mir keine Gedanken, denn dieser ausländische Investor würde sowieso nicht oft nach dem Rechten sehen. Einzig die Umsätze sollten stimmen, und da war ich guter Dinge. Ich hatte eine stattliche Pferdezucht aufgebaut, der Export der Tiere ins Ausland lief gut und auch das Training von fremden Pferden war eine gute Einnahmequelle für mich.

Ich rieb mir die Hände und grinste. *Dieser dumme Bauer*. Er hatte die Farm für einen Bruchteil dessen an mich verkauft, was sie eigentlich wert war. Und das nur, weil er zu diesen Irren gehörte, die immer noch an die Erzählungen aus längst vergangenen Tagen glaubten. Elfen und Trolle, das verborgene Volk. Aus dem Grinsen wurde ein Lachen. Ich lachte herzhaft darüber, dass er tatsächlich seine ganze Milchviehwirtschaft aufgegeben hatte, weil er Angst hatte bei Dunkelheit in den Stall zu gehen.

Seit dem Kauf hatten wir viel geschafft. Neben der neuen Stallanlage hatten meine sechs Handwerker und ich die Reithalle gebaut und die Scheune frisch gestrichen. Die Weiden waren ordentlich eingezäunt und heute sollten die Pferde kommen. Bisher hatte ich nicht auf der Farm übernachtet. Ich war ständig zwischen Reykjavik und der Farm hin- und hergependelt.

Ab sofort würde sich dieses unstete Leben ändern. Die Handwerker hatten die Farm verlassen und waren zu ihrem nächsten Auftrag in die Stadt unterwegs und vor mir lag die erste Nacht in meinem neuen Zuhause. Allein. Ich freute mich darauf.

Doch jetzt galt es erstmal die Pferde unterzubringen. Ich sah den großen Transporter, der von der Ringstraße abgebogen war und jetzt auf der Schotterpiste zur Farm unterwegs war. In Schrittgeschwindigkeit holperte er vor sich hin. Ich konnte es kaum erwarten, die ersten Tiere auszuladen. Bei meiner Zucht hatte ich mich auf die verschiedenen Pferdefarben konzentriert. Je bunter die Palette der Fellfarben war, desto sicherer konnte man sein, viele Tiere ins Ausland zu verkaufen.

Der Lastkraftwagenfahrer stoppte sein Fahrzeug direkt vor mir. Ich eilte an die Fahrertür, riss sie auf und giftete ihn an. Er kam wie immer viel zu spät. Und wenn ich etwas hasste, dann Menschen, die nicht pünktlich sein konnten. Dieser Fahrer gehörte zu ihnen. Er hatte schon oft Pferde für mich transportiert. Von Stall zu Stall und manchmal auch vom Stall zum Flughafen. Nicht selten war aus seinen Verspätungen eine reine Zitterpartie für mich geworden, wenn ich vom Exporteur angerufen wurde, wo denn die Tiere blieben. Und jedes Mal hatte er eine andere Ausrede. Ich hätte ihn gerne ausgetauscht gegen einen anderen Transporteur. Aber kaum jemand hatte ein Fahrzeug, das Platz für zwanzig Pferde bot. Also beschränkte ich mich darauf, ihn stets anzugiften, was ihn wiederum überhaupt nicht störte. Heute kamen mir nur zwei giftige Worte über die Lippen: „Bölvadur strákur, verfluchter Kerl ". Daraufhin zuckte er gelassen mit den Schultern, ging an die Rückseite seines Transporters und öffnete die schwere Tür. Die Tiere standen quer zur Fahrtrichtung, in vier Abteilen, die durch Stahlgitter voneinander abgegrenzt waren. Und mit dem Geräusch der sich öffnenden Tür, waren alle Pferdeköpfe nach rechts geflogen. Neugierig beobachteten die Tiere, was vor sich ging, gewöhnten sich schnell an die veränderten Lichtverhältnisse und fingen an, unruhig mit den Hufen zu scharren. Natürlich wussten sie, dass sie jetzt alle abgeladen wurden, denn sie kannten es, hin und her kutschiert zu werden, selbst die Jüngsten unter ihnen.

Zum zweiten Mal an diesem Tag wurde ich von Stolz erfasst. Denn dieser Transport umfasste meine wertvollsten Tiere: die Zuchtstuten mit den diesjährigen Fohlen.

Was habe ich doch dieses Jahr für ein Glück gehabt. Diese Farben gepaart mit der Ansammlung von Talenten! In ein paar Jahren bin ich reich, dachte ich.

Und dann luden der Fahrer und ich die Pferde ab. Den Müttern, die wir an Stricken führten, folgten die Fohlen. Darunter waren zwei Mausfalbschecken, ein Windfarbener und ein Helmschecke. Sie waren eine reine Augenweide. Und bald würde es an der Zeit sein, sie von ihren Müttern zu trennen. Sie waren sechs Monate alt und würden den November und Dezember frei auf den Weiden verbringen, sofern es die Wetterverhältnisse zuließen. Jedes Jahr versuchte ich, möglichst viele Pferde bis zum Jahresende vom Stall fernzuhalten. Das erleichterte meine Arbeit, denn der Stall war meist voll mit Pferden, die ich trainierte.

Nachdem wir alle Tiere auf die kleine Weide direkt hinter dem Farmhaus gebracht hatten, machte sich der Fahrer wieder auf den Rückweg. Zwei Fuhren würde er noch bringen müssen, bis alle Pferde in ihrem neuen Zuhause angelangt waren. Bevor er wieder auf die Schotterpiste rumpelte, rief ich ihm einen bissigen Kommentar hinterher: „Verkneif dir den nächsten Pylsur-Stopp an der Tankstelle, ich will heute noch fertig werden." Durch das offene Fenster seines Transporters winkte er lapidar ab und verschwand langsam aus meinem Sichtfeld. Ich schüttelte resigniert mit dem Kopf. Mir war klar, dass es eine lange Nacht werden würde.

Im Haus gab es noch eine Menge zu tun. Als Erstes musste ich die weiße Katze, die seit Jahren zur Farm gehörte, füttern. Sie lag auf der Küchenbank wie jeden Nachmittag und hielt ein Nickerchen. Als ich mich an den Küchenschränken zu schaffen machte, um ihr Futter heraus zu kramen, öffnete sie die Augen. Reckte und streckte sich, sprang auf den Fliesenboden und strich mir um die Beine. Dabei rieb sie unentwegt ihren Kopf an mir und fing laut an zu schnurren. „Du kleiner Schleimer", schimpfte ich mit ihr und dachte: *Eigentlich mag ich keine Katzen, aber dir werde ich wohl eines Tages noch dankbar sein, dass du den Stall von Mäusen befreist.*

Ich streichelte ihren Kopf, gab ihr Futter und machte mich daran, endlich meine Klamotten, die wild verteilt auf dem Bett im Schlafzimmer lagen, in die Kleiderschränke zu stopfen.

Warum habe ich eigentlich keine Frau? Ich lachte über mich selbst und verwarf diesen Gedanken gleich wieder. Ich war eben Single. Und das war ich gern.

Das Einräumen der Schränke ging langsam vonstatten. So langsam, dass ich erstaunt war, als plötzlich ein Hupkonzert zu hören war. Ein Blick aus dem Fenster genügte – der Pferdetransporter stand mit der zweiten Fuhre vor dem Stallgebäude. Und ich beeilte mich nach draußen zu kommen, um die Tiere abzuladen.

Dieses Mal waren es die Wallache und Stuten, die täglich trainiert und daher in den Stall gebracht werden mussten. Jedes Pferd bekam seine eigene Box. Das war purer Luxus. Früher waren sie zu zweit in einer Box gestanden, was Stress zwischen ihnen ausgelöst hatte. Immer zu den Futterzeiten, gerieten sie aneinander, legten die Ohren flach an den Kopf und trugen ihre Rangeleien aus. Ich hatte es oft bedauert, dass das so war. Aber ich konnte bei dem ständigen Wechsel an Trainingspferden den Platzmangel im Stall nicht immer verhindern. In meinem neuen Stall würde das nicht mehr passieren.

Nach einer halben Stunde waren alle Tiere untergebracht und der Transporter losgefahren, um seine letzte Tour anzutreten. Ich wartete jetzt nur noch auf zwei Hengste und vier Wallache. In zwei Stunden würden auch diese Tiere angekommen sein und ich könnte endlich schlafen gehen. Ich fühlte mich erschöpft und sehnte mein Bett herbei, denn inzwischen war es bereits nach neun Uhr. Ich war frühmorgens aufgestanden und hatte den ganzen Tag geschuftet.

Nun musste ich gegen die Müdigkeit ankämpfen. Deswegen ging ich ins Haus zurück und vertrieb mir die Wartezeit, indem ich mein Lieblingsgericht kochte. Bayonneskinka mit karamellisierten Kartoffeln und Rotkohl. Allein der Bratenduft und die Vorfreude darauf, ließen mich vergessen, dass ich eigentlich nichts lieber getan hätte, als schlafen zu gehen.

Wer auch immer diesen Bayonneskinka erfunden hat, hat alles richtig gemacht. Dieses Raucharoma und das zarte Schweinefleisch, einfach lecker.

Als ich gerade den Braten im Ofen kontrollierte, hörte ich hinter mir Geschepper. Erschrocken fuhr ich herum und glaubte meinen Augen nicht zu trauen. Als sei der Teufel persönlich hinter ihr her, wirbelte die Katze über den Küchentisch und fegte dabei den Teller mit den Kartoffeln herunter. Er zerbrach auf dem Fliesenboden und die Kartoffeln kullerten vor meine Füße. Dann sprang sie panisch auf das Fensterbrett und auch dort ging alles zu Bruch. Zu den Scherben des Tellers gesellten sich meine drei Blumentöpfe, einer davon mit Jasmin. Ich liebe diese Pflanze, denn ihr Duft verströmt eine süße Frische in der Küche. Dieser Jasmin war schon etliche Male mit mir umgezogen und gerade erst hatte ich ihn auf das Fensterbrett gestellt. Nun lag er auf dem Boden, zwischen Kartoffeln, Erde und Scherben. Ich hätte der Katze am liebsten den Hals umgedreht. Aber dazu kam ich nicht, denn sie flüchtete bereits aus der Küche. Wenige Augenblicke später hörte ich die Katzenklappe an der Hintertür. Dann war es still. *Weißes Ungeheuer, dich soll der Teufel holen.*

Der Appetit war mir gründlich vergangen. Ich sah missmutig auf die Bescherung auf dem Fliesenboden, schaltete den Ofen ab und griff nach Besen und Kehrblech. Die Kartoffeln waren bis unter die Küchenbank gerollt, die Scherben bis in den Flur geschossen, die Erde lag überall. Eine Riesenschweinerei!

Ich wunderte mich also nicht, dass ich erneut das Hupen hörte, als ich gerade meine Aufräumarbeiten erledigt hatte. Während ich nach draußen eilte, stellte ich fest, dass ich gar nicht mehr sauer auf den Fahrer war. Er hatte zumindest bei den letzten beiden Touren nicht getrödelt.

„Du kannst ja richtig Gas geben", begrüßte ich ihn, verzog mein Gesicht zu einem schelmischen Grinsen und klopfte ihm auf die Schulter.

„Hast du mal auf dein Zeiteisen geguckt? Nerv' mich nicht und hol deine Viecher da raus. Ich will endlich Feierabend machen." Seine Stimme war brummig. Ich musste mich zurückhalten nicht loszulachen und dachte: *Selbst Schuld, mein Lieber, wer trödelt, kommt halt spät nachhause.*

Kurze Zeit später lag die Arbeit hinter mir, alle Tiere waren untergebracht, gefüttert und getränkt und ich kroch erschöpft unter meine Bettdecke. Seufzend schloss ich die Augen und genoss die vollkommene Ruhe. Kein Geräusch durchdrang die angebrochene Nacht. Diese Stille ... das tut gut ... Ich entspannte mich und schlief ein.

Mitten in der Nacht schreckte ich aus dem Schlaf hoch. Was mich geweckt hatte, konnte ich nicht sagen. Durch das Fenster schien der Vollmond in mein Schlafzimmer und tauchte es in fahles, milchiges Licht. Unmittelbar nachdem sich meine Augen an die Lichtverhältnisse gewöhnt hatten, sah ich es.

Oder sie. Da stand eine Frau an meinem Bett. Sie war in ein weißes Gewand gekleidet, starrte mich mit durchdringendem Blick an und richtete dann ihren Zeigefinger anklagend auf mich. Gleichzeitig spürte ich ein beklemmendes Gefühl in meiner Brust.

„Was hast du hier zu suchen?", schrie ich sie an und hoffte, das Zittern in meiner Stimme vor ihr verbergen zu können. Aber eine Antwort blieb sie mir schuldig. Stattdessen wandte sie sich um und ging zur Tür hinaus.

Hastig schlug ich die Bettdecke zur Seite, schwang meine Beine aus dem Bett und rannte ihr nach. Als ich den Flur erreichte, war die Frau in Weiß spurlos verschwunden. Ich suchte in der Küche, in den anderen Zimmern, nichts. In dieser Nacht fand ich keinen Schlaf mehr.

Als der Morgen anbrach, fütterte ich in aller Eile die Pferde im Stall und brach auf, um nach Kóparvogur zu fahren, einem Vorort von Reykjavik. Hier hatte sich der Vorbesitzer meiner Farm, der alte Bauer, von seinem Geld eine Wohnung gekauft und lebte in den Tag hinein.

„Was hast du mir da verkauft?", fauchte ich ihn an, kaum, dass er die Tür geöffnet hatte.

Unbeeindruckt von meinem Auftritt bedeutete er mir, ihm zu folgen. Im Wohnzimmer wies er mir einen Sessel zu und setzte sich mir gegenüber. „Ich habe dich gewarnt und dir den Grund genannt, warum ich die Farm verkaufen wollte. Und ich habe längst mit deinem Besuch gerechnet."

„Warum?" Meine Stimmlage hatte sich verändert. Die Ausstrahlung des alten Bauers beruhigte mich.

„Weil es nur eine Frage der Zeit war, wann du zum ersten Mal die weiße Frau treffen würdest. Und kapierst, dass ich kein abergläubischer Depp bin, der die Farm viel zu billig verkauft, weil er an das verborgene Volk glaubt und Angst vor Trollen hat, die sich nachts im Stall rumtreiben."

„Wer ist diese weiße Frau?"

Nachdem er sich geräuspert hatte, erzählte er seine Geschichte und ich lauschte gebannt seinen Worten.

„Die weiße Frau hat vor langer Zeit auf dieser Farm als Dienstmagd gelebt und ein Verhältnis mit dem Bauern gehabt. Als sie von ihm geschwängert wurde, hoffte sie darauf, dass er sich von seiner Frau trennen und zu ihr stehen würde. Aber das war ihm nicht möglich. In einer Vollmondnacht konnte sie den Gedanken an ihre Zukunft, allein mit Kind, auf einer bitterkalten Insel und ohne ein richtiges Zuhause nicht mehr ertragen. Sie ging in den Schafstall und erhängte sich."

Ungläubig starrte ich ihn an und fragte: „Und seither erscheint sie nachts im Haus?"

„Nur in den Vollmondnächten."

„Und was ist mir der Katze los?"

„Nichts, sie ist ein liebes Tier. Aber vielleicht kann sie die weiße Frau auch sehen. Jedenfalls ist sie in den Vollmondnächten total panisch und flüchtet. Aber nach ein paar Tagen kommt sie wieder, als sei nichts geschehen."

Der alte Bauer sollte Recht behalten. Vier Tage nach dieser Vollmondnacht, kehrte die weiße Katze zurück. Und ich hatte beschlossen, den Investor und mich selbst in solchen Nächten von der Farm fernzuhalten. Ich wollte in Zukunft in Vollmondnächten bei Freunden schlafen. Und den Topf mit Jasmin würde ich mitnehmen.

POSTBOTE

„Mama, ich will hier nicht bleiben. Bitte, bitte lass mich nicht hier." Eine dicke Träne rollte über meine Wange, als ich meine Mutter ansah.

Ihr Blick war streng, als sie sich zu mir hinunterbeugte und sagte: „Jeder kleine Junge in deinem Alter verbringt die Sommerferien auf dem Land." Dann richtete sie sich wieder auf, griff meine Hand und zog mich hinter sich her.

Ich spürte, dass Widerstand zwecklos war. Ihr Entschluss stand felsenfest und auch Papas Herz würde ich nicht erweichen können. Als Familienoberhaupt brachte er das Geld nachhause, aber in erzieherische Dinge mischte er sich nicht ein. Alles was uns Kinder anbelangte, entschied Mama. Und Mama hatte entschieden, dass ich drei Monate hier ausharren musste. Ohne meine Geschwister! Und ohne meine geliebten Fußballspiele. Papa saß abwartend im Auto und schaute zu, wie Mama und ich in diesem Bauernhaus, mitten im westlichen Tal-Irgendwo verschwanden. Ich wandte mich nach hinten um und erhaschte einen letzten Blick auf ihn. Dabei wäre ich fast über die Türschwelle gefallen. Aber Mama verhinderte den Sturz. Beherzt schloss sich ihre Hand noch fester um meine und zog mich kraftvoll nach oben.

Dann schloss sie die Tür hinter uns und sagte: „Pass demnächst ein bisschen besser auf, wo du hintrittst, Frosti.

Beschämt und kleinlaut antwortete ich: „Ja, Mama."

Die alten Bauersleute hatten schon auf uns gewartet und boten uns in ihrer Küche einen Sitzplatz und Getränke an. Während ich mich auf einen Stuhl setzte, der direkt am Fenster stand, schlug Mama das Angebot aus. Sie wollte Papa nicht allzu lange warten lassen.

Gelangweilt starrte ich aus dem Fenster und vergrub meine Hände unter den Oberschenkeln. Meine Beine baumelten hin und her. Es fehlten noch ein paar Zentimeter, bis ich groß genug sein würde, um meine Füße auf dem Boden abzustellen.

Draußen gab es nichts, überhaupt nichts Interessantes zu entdecken. Ich sah einen großen Stall, ein kleines Holzhäuschen und unendlich viel Weideland. Ringsherum erhoben sich die Berge und ich erblickte ein paar andere Bauernhäuser in der Ferne. Hier gab es weder einen Bolzplatz noch ein Schwimmbad, so viel war klar. Vor mir auf der Fensterbank stand ein Fernglas. Ich hatte meinen Onkel, der auch auf dem Land lebte, schon oft dabei beobachtet, wie er mit einem Fernglas am Fenster gestanden hatte, um zu sehen, was die Nachbarn taten. Dann war ihm manchmal ein Fluch über die Lippen gekommen: „Verdammt, wo hat Einar nur diesen Gaul her? Der alte Hund, ich gönn ihm nicht das Schwarze unter den Fingernägeln."

Ich griff nach dem Fernglas und sah hindurch. Vielleicht würde ich andere Kinder entdecken. Oder wenigstens einen Jungen ... aber da war niemand. Als sich eine Hand auf meine Schulter legte, stellte ich das Fernglas enttäuscht wieder auf seinen Platz zurück und hörte die Bauersfrau sagen: „Einen hübschen Jungen hast du da. Und er hat so schöne hellblonde Engelslöckchen." Mama antwortete voller Stolz: „Ja, Frosti ist mein kleiner Engel. Meine anderen Kinder sind alle dunkelhaarig." Ich stand vom

Stuhl auf und dabei rutschte die Hand meiner Mutter von meiner Schulter. Sie gab mir einen Kuss auf die Wange und verabschiedete sich: „Wir sehen uns in drei Monaten wieder, Frosti."

Und dann verschwand sie aus meinem Sichtfeld und ich blieb traurig zurück. Meine Augen füllten sich ganz langsam mit Tränen.

Einen Moment lang stand ich da mit gesenktem Blick. Ich wollte vermeiden, dass die Bauersleute meine Tränen sehen konnten. Deshalb kniff ich die Augen zusammen und dachte: *Ich darf nicht weinen, Jungs tun so etwas nicht.* Das hatte mich meine Mutter gelehrt. Als die Tränen hinter meinen geschlossenen Lidern getrocknet waren, wischte ich mit einer trotzigen Handbewegung das Nass unter ihnen weg. Denn ein paar Tropfen hatten sich durch die geschlossenen Lider gekämpft.

Als ich wieder aufschaute, konnte ich den Bauern nirgends entdecken. Nur seine Frau war noch in der Küche und schälte Kartoffeln.

„Wo ist denn dein Mann?", fragte ich unvermittelt, denn plötzlich war ich neugierig.

„Er ist in den Stall gegangen, um die Lämmer zu füttern", antwortete sie ohne von ihrer Arbeit aufzuschauen.

Erstaunt fragte ich: „Sind die Lämmer nicht schon in den Bergen und laufen frei herum?"

„Geh nur und schau selbst nach."

Ich platzte fast vor Neugierde, weil ich wusste, dass die Lämmer normalerweise im Mai im Stall geboren wurden und kurz danach von den Bauern in die Berge gebracht wurden. Ich hatte noch nie gehört, dass die Tiere Anfang Juli noch im Stall waren. Eilig ging ich aus der Küche, schlug die Tür im Flur hinter mir zu und rannte zum Stall.

Nur mit Mühe gelang es mir, die schwere Holztür aufzustemmen, indem ich mit der Schulter dagegen drückte. Dann blieb ich eine Weile im Türrahmen stehen. Meine Augen mussten sich erst an das dämmrige Licht im Stall gewöhnen, denn das lang gezogene Gebäude hatte nur zwei kleine Fenster auf der gegenüberliegenden Seite. Anschließend trat ich vorsichtig über die Schwelle, um nicht hinzufallen und ließ die Tür hinter mir zuklappen. Überall lagen morsche Holzbalken herum und allerlei anderes Zeugs.

Weit hinten, ganz in der Nähe der Fenster, hockte der Bauer mit dem Rücken an eine Holzwand gelehnt auf dem lehmigen Boden und hielt ein kleines Lamm in seinen Armen.

Oh, wie niedlich, schoss es mir durch den Kopf.

Trotz aller umherliegenden Stolperfallen rannte ich los. Kurz bevor ich die beiden erreicht hatte, schnellte die mahnende Hand des Bauern in die Luft: *Stopp! Komm langsam heran!*, wollte er mir bedeuten. Ich hatte sein Zeichen verstanden und blieb abwartend in dem langen Gang stehen. Dann winkte er mich zu sich.

Behutsam setzte ich einen Schritt vor den anderen, bis ich den Bauern mit dem Lämmchen erreicht hatte. Dann ließ ich mich langsam auf die Knie sinken und vergrub meine Hände im Schoß.

Das Lämmchen schien mich anzulächeln. Aber vielleicht bildete ich mir das auch nur ein. Es war ein Flaschenkind. Gierig trank es Milch aus dem Sauger. Dabei stieß es immer wieder kräftig mit dem Kopf gegen die Flasche.

Das sieht anstrengend aus, bestimmt ist es gleich ganz müde, dachte ich.

Genau in diesem Moment, schloss es die Augen und ließ erschöpft seinen Kopf sinken. Dabei rutschte der Sauger aus seinem Mäulchen.

„Du kannst es jetzt streicheln." Aufmunternd nickte der Bauer mir zu.

Ich fuhr vorsichtig mit der Hand durch sein lockiges Fell. Das Fell war ganz weich und ich konnte die Knochen darunter fühlen. Noch nie hatte ich ein so kleines Lämmchen gestreichelt.

Die Tage vergingen langsam, ohne jede Abwechslung, und meine Arbeit war eintönig. Ich holte jeden Morgen elf Kühe von der Weide, brachte sie in den Stall und lernte, sie zu melken. Während ich molk, führte der Bauer Selbstgespräche. Immer wenn ich fragte: „Was hast du gesagt?", bekam ich zur Antwort: „Nichts, ich habe gar nichts gesagt."

Nach dem Melken brachte ich die Kühe wieder zurück auf die Weide und marschierte über die endlosen Grünflächen, um die Zäune zu kontrollieren. Nichts wäre schlimmer, als wenn seine Kühe das Weideland des Nachbarn abfressen würden, berichtete mir der Bauer. Warum das so war, verstand ich nicht. Aber es war mir auch nicht wichtig. Denn nach dem Kontrollieren der Zäune, konnte ich eine kleine Pause machen und meine Lämmchen besuchen. Es waren drei mutterlose Lämmer im Stall und ich genoss es, bei ihnen zu sitzen, ihr Spiel zu beobachten und sie zu streicheln. Füttern durfte ich sie nicht. Das hatte mir der Bauer ausdrücklich verboten. Nach der kleinen Verschnaufpause, wendeten wir Heu, reparierten die kaputten Stellen in den Zäunen, die mir bei der Kontrolle aufgefallen waren oder ölten die Dreschflegel. Danach gab es Mittagessen. Das Schlimmste daran war, dass es jeden Tag in der Woche das gleiche Essen gab: Kartoffeln und Fisch. Salzfisch, so salzig, dass er über Nacht gewässert werden musste, damit er überhaupt genießbar war. Am Sonntag gab es Fleisch anstatt Fisch. Und jeden Morgen Hafergrütze. Das Essen war ganz anders als bei Mama. Sie konnte besser kochen als diese Bauersfrau und ich hatte das Gefühl, dass sie auch andere Gewürze verwendete. Überhaupt war hier alles anders als in Reykjavik.

Es gab zum Beispiel keinen Strom. Wir mussten Öllampen anzünden, wenn der Abend anbrach. Und das, obwohl es zu dieser Zeit draußen gar nicht dunkel wurde. Das Bauernhaus hatte, genau wie der Stall, viel zu wenige Fenster. Und mir fiel auf, dass es weder einen Briefkasten noch einen Postboten im Tal gab. Zu Hause war ich dafür zuständig, jeden Tag den Briefkasten zu leeren. Deswegen wunderte ich mich, dass es hier nicht zu meinen Aufgaben gehörte.

Aber am meisten faszinierte mich das Telefon. Zu Hause hatten wir ein Telefon mit einer Wählscheibe. Hier stand ein Telefon mit einer Handkurbel an der Seite. Die Bauersfrau nahm den Anruf entgegen, indem sie ein paar Mal kurbelte, bis die Verbindung stand und dann der Stimme des Anrufers durch das Horn des Apparates lauschte. Manchmal hörte ich eine verärgerte Frauenstimme durch das Horn schallen: „Herdis, das geht dich nichts an. Lass das Lauschen sein." Dann hängte sie rasch das Horn ein.

An den Nachmittagen fuhren wir in den nahegelegenen Ort Borgarnes, um die Milch abzugeben.

Meine einzigen schönen Stunden erlebte ich abends. Dann kuschelte ich zuerst mit meinen Lämmern und danach durfte ich Fußball spielen. Normalerweise beherrschte das Fußballspiel mein Leben. Zu Hause spielte ich jeden Nachmittag mit den Jungs. Hier musste ich alleine spielen, da keine anderen Kinder in der Nähe waren. Aber immerhin hatten die Bauersleute mir aus Mitleid einen alten ledernen Ball überlassen.

Nur die Lämmchen und der Ball hielten mich davon ab, wegzulaufen. Denn ich hatte schreckliches Heimweh, das anhielt, bis zum Freitag der zweiten Woche.

Ich war gerade mit dem Melken fertiggeworden, als der Bauer sagte: „Heute brauchst du die Zäune nicht kontrollieren. Wir haben eine andere Aufgabe zu erledigen."

Erstaunt sah ich ihn an, aber er gab mir keine Antwort, als ich fragte: „Was machen wir denn?"

Er bedeutete mir nur, dass ich ihm folgen sollte. Ich war gespannt, weil er ein Geheimnis um diese Aufgabe machte und lief brav hinter ihm her. Unser Weg führte uns vorbei am Bauernhaus und weiter talabwärts über Weideland, das ich noch nie kontrolliert hatte. Nach einem längeren Fußmarsch sah ich plötzlich in der Ferne Pferde stehen. Eine kleine Herde graste dort friedlich. Einen Augenblick später standen wir am Gatter.

Der Bauer stieß einen lautstarken Pfiff aus und in diesem Moment flog ein Pferdekopf in die Höhe. Ein zweiter Pfiff und das Pferd, ein wunderschöner Rappe, setzte sich in Bewegung und galoppierte direkt auf uns zu. Zögerlich folgten die anderen. Als er uns erreichte, kramte der Bauer ein Stückchen Brot aus seiner Hosentasche, gab es ihm und legte ihm ein Halfter an. Das Halfter hatte im Gras neben dem Gatter gelegen, als sei das der selbstverständlichste Ablageplatz der Welt.

Der Rappe hieß *Skuggi* und ich dachte: *Du hast den perfekten Namen. Du siehst genau aus wie ein Schatten. Dunkel wie die Nacht.*

Wir waren bereits mit dem Pferd am Halfter auf dem Rückweg, als der Bauer plötzlich stehenblieb und mich fragte: „Bist du schon mal geritten?"

Hoffnungsvoll schaute ich auf zu ihm und sagte: „Nein, meine Mutter erlaubt es nicht. Sie sagt, wir haben kein Geld für ein Pferd."

Wortlos beugte er sich zu mir herab, packte mich mit seinen kräftigen Händen an der Hüfte und hob mich auf den Rücken von *Skuggi*. „Halt dich an der Mähne fest." Dann marschierte er wieder los und murmelte kopfschüttelnd vor sich hin. „Das gibt es ja nicht, ein zehnjähriger Junge, der noch nie geritten ist."

Ich war glücklich. So glücklich, wie noch nie zuvor in meinem ganzen Leben. Einmal auf dem Rücken eines Pferdes zu sitzen, das war mein sehnlichster Wunsch gewesen und der Bauer hatte ihn mir heute erfüllt.

Als die drei Monate vorbei waren und meine Eltern mich wieder abholten, waren sie mehr als überrascht. Denn ich konnte inzwischen nicht nur reiten, und hatte das Fußballspiel ganz vergessen, sondern fieberte dem kommenden Jahr entgegen. Ich war ganz sicher, dass mich im nächsten Sommer kein Heimweh plagen würde. Denn ich freute mich darauf, gemeinsam mit *Skuggi* unserer Arbeit nachzugehen. Und die war es, einmal alle zwei Wochen die Post im Dorf zu holen und an die umliegenden Höfe zu verteilen.

Ich war der Postpferdreiter!

ISLÄNDISCHE EIER, LAUWARM

Meine Laune war miserabel. Diese Arbeit hasste ich von ganzem Herzen. Zwei Monate würde ich hier noch aushalten müssen, bevor die Ferien zu Ende waren. Putzen war einfach nicht mein Ding und ich wusste ganz genau, dass ich nach Ende meiner Schulzeit sofort in die Stadt ziehen würde.

Ich wollte Jura studieren, wie viele meiner Freundinnen, und sehnte die kommende Zeit herbei. Nächstes Jahr würde mein neues Leben beginnen. Auszug bei meinen Eltern, auf Wiedersehen Dorfleben und auf Nimmerwiedersehen, du schreckliches Hotel. Allerdings war die Arbeit im Hotel viel besser, als das Unkraut an den Straßenrändern des Dorfes zupfen zu müssen. Denn damit war die Hälfte meiner Klassenkameraden beschäftigt. Sie sollten die Gegend sauber halten. Die anderen Mitschüler waren verteilt auf Hotels, das Altenheim und die Gärtnereien.

Wir waren die Sommerarbeiter, jeder Betrieb freute sich auf uns. Und an manchen Tagen freuten wir uns auch. Besonders auf den Ersten des Monats, wenn unser Lohn ausgezahlt wurde.

In Gedanken versunken sah ich aus dem Fenster und vergaß dabei, das Bett für die nächsten Gäste zu beziehen.

Als Gast hätte ich mich hier pudelwohl gefühlt. Das Hotel hatte eine wunderschöne Lage.

Der Fluss rauschte direkt unterhalb des Hauses vorbei, fiel über Kaskaden und setzte seinen Weg ins Dorf fort. An der einen Uferseite erhoben sich, von der Julisonne beschienen, rotleuchtende sandige Hügel, die auf einem rostroten Plateau endeten, das seine Farbe den darin enthaltenen Eisenmineralien zu verdanken hatte. Der Boden war an einigen Stellen regelrecht warm. Unterirdisch kochte das Wasser.

Manchmal erreichte es an die dreihundert Grad und dann suchte es sich seinen Weg an die Oberfläche. An diesen Stellen brach die Erde kreisförmig auf und entließ den Wasserdampf, der aus der Ferne betrachtet wirkte, als sei es beißender Qualm eines gerade gelöschten Kohlegrills. Dabei roch es aber nicht nach verbranntem Grillgut, sondern nach Schwefel.

Bei dem Gedanken an die Schwefelgase, die unentwegt austraten, musste ich lachen. Lauthals sogar, ich konnte es einfach nicht unterdrücken. Ich hatte so viele Touristen schimpfen hören, wenn sie an der heißen Quelle auf dem Hotelgelände standen, und ihr Frühstücksei darin zu kochen versuchten. Oft standen sie dort zehn Minuten im Schwefeldampf, hielten sich die Nasen zu, während ihr Ei im Netz der Angel vor sich hin garte, und beklagten sich, dass es furchtbar nach faulen Eiern stinken würde.

Ich hatte noch nie an faulen Eiern gerochen, aber es war mir schon deswegen egal, weil ich den Geruch schlicht nicht mehr wahrnahm. Meine Nase war an das Schwefelgas gewöhnt.

Ich brauchte einige Zeit um meinen Lachanfall in den Griff zu bekommen. Denn ich bekam diese Bilder der Touristen, die sich die Nasen zuhielten und dabei Eier kochten, nicht aus dem Kopf. Schließlich merkte ich, dass meine Laune sich deutlich verbessert hatte.

Mein Blick schweifte von der einen Uferseite auf die andere.

Mittags, wenn die Zimmer alle geputzt waren, musste ich draußen reinigen. Dort warteten die HotPots auf mich. Dann hieß es Wasser ablassen, die blauen Fliesen mit der Wurzelbürste schrubben und erneut heißes Wasser einlassen. Das war eine Arbeit, die ich mochte. Besonders an Tagen wie diesem, bei solchem Wetter. Der Himmel war stahlblau, die Luft frisch und es duftete herrlich nach frischen Gräsern.

Zweimal war auch ich schon in den Genuss gekommen, selbst in den HotPots zu liegen und vollkommen zu entspannen. Bei einer Wassertemperatur von 38 Grad konnte ich meine Seele baumeln lassen und manch einen Fisch beobachten, der sich unterhalb im kristallklaren Wasser des Flusses auf und davon machte.

Herrlich, dachte ich. Und dann gefror mein Blick an der Fensterscheibe. *Nein, da muss ich eingreifen, und zwar sofort.*

Ich rannte los. Raus aus dem Zimmer, türenknallend und laut lachend, lief ich den Gang entlang nach draußen, sprang über die Treppen hinunter Richtung Fluss und stoppte meinen Lauf, als ich vor ihr stand.

„Was machst du da?", fragte ich einen kleinen blonden Engel in Englisch.

Ein Mädchen, nicht älter als fünf, saß mit der Eier-Angel auf dem Fliesenrand unseres HotPots. Ihre Beine baumelten im warmen Wasser. Mit weit aufgerissenen, blauen Kulleraugen schaute sie mich an und antwortete mir: „Mein Papa hat gesagt, ich soll zwei Eier kochen!"

STURM AM POLARKREIS

-An Tagen wie diesen wollten wir nicht sein, was wir sind-

Wir waren Wanderer und zur Winterzeit streifte unsere kleine Gruppe immer durch die Berge. Hier waren wir frei, und ich war der Boss bei all unseren Ausflügen. Manchmal versuchte mein Bruder mir zwar das Wasser abzugraben, aber weder er, noch einer der anderen beiden Jungs hatten eine Chance. Und die Mädels, ausgemachte Schönheiten, ärgerten mich nie. Sie vertrieben sich die Zeit oft mit gegenseitiger Körperpflege. Sie kraulten und zupften sich in den Haaren. Lange Haare hatten sie. Die Eine war mit einer üppigen schwarzen Pracht ausgestattet, während die Andere zwischen ihren dunkelbraunen Haaren einzelne blonde Strähnchen trug.

Plötzlich wurde ich aus meinen Gedanken gerissen.

Niemals, wirklich niemals in all den Jahren, die wir hier nun wanderten, hatte ich solch ein Wetter erlebt. In kürzester Zeit hatte sich der Tag in finstere Nacht verwandelt. Im Himmel hingen drohende grauschwarze Wolken und der Sturm, der gerade aufzog, das spürte ich, würde uns in ernsthafte Schwierigkeiten bringen.

Und dann, unvermittelt schlug das Wetter zu. Gnadenlos. Zuerst rieselte Schnee. Lautlos schüttelten die Wolken ihren flockigen Inhalt über uns aus. Immer tiefer versanken meine Beine in der Schneehölle. Jeder Schritt wurde zur Qual.

Und ich konnte keinen Unterschlupf für uns finden. Die Anderen bildeten eine Schlange, die hinter mir her stapfte. Ich hörte ihre Atmung, die immer keuchender wurde, und ich wusste, dass sie kaum noch etwas sehen konnten, weil ihre Wimpern, genau wie meine, inzwischen mit Eiskristallen verklebt sein mussten.

Und dann setzte der Sturm ein.

Binnen Sekunden mischte sich in den stillen, dichten Flockenfall das ohrenbetäubende Getöse des Windes.

Ich musste handeln. Jetzt sofort!

Ich blieb einfach stehen und senkte meinen Kopf, so tief ich konnte. Nur wenige Zentimeter trennten meine Nase noch vom Boden. Dabei stemmte ich meine Schultern weit nach vorne. Und mein Bruder tat es mir gleich. Instinktiv rückte er ganz dicht an meine Seite, unsere Ohren berührten sich fast, so nahe standen wir beieinander. Die Anderen stellten sich uns gegenüber auf. Auch sie senkten die Nasen bis fast auf den Untergrund und unsere Mäuler berührten sich manchmal sanft. So konnten wir wenigstens unsere Köpfe schützen. Unsere Haare hatten sich schon längst senkrecht aufgestellt und waren bedeckt mit einer eisigen Schicht.

Über die Körper fegte der Sturm hinweg. Er trug Schneelasten mit sich, die drohten uns zu begraben. Und unsere Haut an den Hinterteilen war aufgesprungen. Die eisige Kälte drang wie kleine Messerspitzen in unsere Wunden ein.

Stundenlang mussten wir so verharren. Halb erfroren, halb begraben und völlig erschöpft.

Dann plötzlich, so schnell wie er gekommen war, zog der Sturm vorüber.

Es hörte auf zu schneien, und die Nacht war eingekehrt. Der Himmel riss auf, wurde sternenklar, und in der Ferne tanzten die Nordlichter am Horizont.

Langsam und mit letzter Kraft, gelang es uns, uns von den Schneemassen zu befreien.

Wir setzten uns wieder in Bewegung.

Ich musste meine Gruppe an die heiße Quelle führen, die irgendwo weiter unten am Fuß der Berge lag. Im Herbst hatten wir dort oft eine Rast gemacht, uns im Kreis um das glucksende Wasserloch gestellt und den aufsteigenden Dampf genutzt, um uns zu wärmen. Wir marschierten eine ganze Weile bergab. Manchmal versanken wir bis an den Bauch im tiefen Schnee, bis mir ein beißender Schwefelgeruch in die Nase wehte.

Wir hatten es geschafft. Vor meinen Augen stieg eine Dampfsäule auf. Endlich konnten wir die rettende Wärme empfangen.

Erleichtert stellten wir uns kreisförmig auf, atmeten wieder ruhig und merkten, wie ganz langsam das Leben in unsere durchgefrorenen Körper zurückkehrte.

Um uns herum war friedliche Stille, die anhielt, bis ein Ruf unsere Ohren erreichte.

Wir alle kannten diese Stimme und taten auch jetzt, was wir immer taten, wenn unsere Namen erklangen.

Wir galoppierten, so gut es ging, durch die weiße Bergwelt und wieherten, bis wir vor ihr standen und unsere Ration Brot bekamen. Brynja war gekommen, voller Sorge um uns.

KUPPELEIEN

Als meine Frau mir heute von diesem Telefonat erzählte, musste ich schmunzeln. Aus dem Schmunzeln wurde ein herzhaftes Lachen und dann bekamen wir beide einen Lachanfall, der darin gipfelte, dass wir Tränen in den Augen hatten.

Nun lag ich im Bett, schaute aus dem Fenster und genoss die absolute Stille. Es war so ruhig um mich herum, dass ich mühelos an meine Vergangenheit zurückdenken konnte: Nach dem Ende meiner ersten Ehe wollte ich nie wieder eine Frau an meiner Seite. Ich genoss mein chaotisches Single-Leben, das geprägt war von wilden Partywochenenden in Reykjavik, Montagen, die den Beinamen Hangover-Day trugen, und harter Arbeit. Niemand telefonierte hinter mir her und ich musste keinem Menschen Rechenschaft darüber ablegen, warum meine Kleidung wild verstreut im Haus lag und in meinem Kühlschrank - wenn überhaupt – abgelaufene Waren standen. Und vor allem meckerte damals niemand mit mir, wenn ich mal wieder mein Glas Milch nur zur Hälfte trank und den Rest in den Ausguss schüttete. Ich kam, ging, aß und schlief, wann ich wollte. Ebenso war es ganz allein meine Entscheidung, Besuch zu empfangen.

Und ich wollte Besuch! Von einer ganz bestimmten Dame, die mich eines Tages anrief und sagte: „Hallo Sólmundur, ich bin es, Ella. Sag mal, hast du Zeit? Ich brauche dringend Urlaub und will dich besuchen." Es war eine rein rhetorische Frage, denn Ella besuchte mich seit Jahren, wenn sie Urlaub machte. Und ich ging davon aus, dass ihr Flug längst gebucht war. So gab ich ihr die ebenfalls rhetorische Antwort: „Klar, du weißt doch, ich habe immer Zeit für dich." Auch wenn das gar nicht stimmte, wusste ich, dass sie ohnehin den halben Tag schlafen, den anderen halben Tag im Schwimmbad verbringen und mich daher nicht von meiner Arbeit abhalten würde.

Und es dauerte tatsächlich nur ein paar Tage, bis ich Ella am Flughafen abholen konnte. Ella und ich waren schon viele Jahre befreundet. Damals als ich sie kennenlernte, arbeitete ich in Deutschland auf einem Reiterhof und sie war ein junges Mädchen. Ein Pferdemädchen. Wir isländischen Reiter wirken wie Magnete auf deutsche Pferdemädchen, ja wirklich, wir sind unbestritten die Könige dieser Szene. Ich hatte mich oft gefragt, woran das liegt. War es doch auf Island anders: Da waren wir einfach männliche Reiter, sonst nichts. Irgendwann erkannte ich, dass Reiten in Deutschland schlicht Mädchensache war. Jungs spielten Fußball. Deswegen waren wir Isländer so interessant für die jungen Damen. Seit dieser Zeit waren Ella und ich befreundet. Wirklich nur befreundet, denn der Altersunterschied von dreißig Jahren hätte mehr als eine Freundschaft niemals zugelassen.

„Hallo, Sólmundur." Aufgeregt winkte sie mir zu, als sich die Türen in der Ankunftshalle öffneten und sie mich sah. Und einen Moment später lagen wir uns in den Armen.

„Velkomin til Islands, Ella min."

„Ich muss dir was erzählen!"

Ella war frisch verliebt. Es verging praktisch keine Stunde, in der sie nicht von dem Typen schwärmte, den sie an der Angel hatte. Und weil sie so glücklich war, dachte sie wohl darüber nach, dass ich bereits seit fast einem Jahrzehnt allein lebte und beschloss spontan, diesen Zustand zu ändern.

„Du brauchst dringend Urlaub, Sólmundur", erklärte sie mir am Samstagnachmittag, als wir schon einige Biere getrunken hatten und das Stalldorf in Reykjavik besuchten.

„Urlaub? Und wo meinst du, soll ich Urlaub machen?"

„Bei einer schönen Frau in Deutschland." Ella verzog ihr Gesicht zu einer lustigen Grimasse und griff nach ihrem Telefon. Sie wählte eine Nummer und erklärte: „Ich ruf jetzt meine Freundin Ines in Deutschland an und dann buchen wir deinen Flug."

Damals dachte ich: Ella kann doch jetzt nicht bei einer Freundin anrufen und meinen Urlaub organisieren! Ich kenne ihre Freundin doch gar nicht!

Aber ich kannte Ella und sie hatte immer schräge Ideen.

Und tatsächlich, eine Weile später sprach Ella aufgeregt mit der mir Unbekannten. Sie war ebenfalls Reiterin, einige Jahre älter als Ella, aber wir waren uns in Deutschland nie begegnet.

„Horch mal, Ines. Ich bin doch grad auf Island und Sólmundur braucht dringend Urlaub. Ich dachte, du hast doch ein Gästezimmer. Was hältst du davon, wenn ich ihn dir schicke?"

Ich konnte die Antwort nicht hören, aber nachdem Ella den Anruf beendet hatte, sagte sie: „Und jetzt fahren wir nachhause und buchen deinen Flug."

Ich schaute sie ungläubig an. „Ich kann doch nicht bei einer Wildfremden Urlaub machen."

„Doch! Kannst du", sagte Ella, grinste und reichte mir noch ein Bier.

Dann fuhren wir zurück nachhause. Dort schaltete sie den Computer ein, suchte die Seite der Fluggesellschaft und fand einen passenden Flug, den sie sofort buchte.

Unglaublich, ich werde zu einer Unbekannten nach Deutschland fliegen.

Ella und ich verbrachten ein tolles Wochenende miteinander.

Der Montag war für uns beide ein Hangover-Day, denn am Samstagabend hatten wir den Clubs in Reykjavik ausgiebige Besuche abgestattet, nette Leute getroffen und waren erst Sonntagmorgen gegen elf Uhr wieder nachhause gekommen. Nach einem kurzen Nickerchen verbrachten wir den letzten Nachmittag mit Freunden und Brennivin, anstatt uns auszuruhen. Daher sank ich, kurz nachdem ich Ella am Flughafen abgesetzt hatte, vollkommen erledigt in mein Bett und schlief bis zum Abend durch.

Zehn Tage später saß ich dann selbst im Flieger und konnte kaum begreifen, dass ich mich tatsächlich auf dem Weg nach Deutschland befand. Ella holte mich vom Flughafen ab und fuhr mich geradewegs zu ihrer Freundin. Je näher wir dem Ziel kamen, desto aufgeregter wurde ich. Von meiner coolen Art, die ich üblicherweise an den Tag lege, war kaum etwas übrig. Diese Aufregung steigerte sich ins Unermessliche, als ich plötzlich Ines gegenüberstand. Sie hatte auf uns gewartet. Auf dem Parkplatz vor ihrem Haus. Und Ella hatte Recht gehabt. Verlegen strich ich mit der Hand meine blonden Haare aus der Stirn und sagte: „Wow, du bist wirklich eine schöne Frau."

Ines schenkte mir ein strahlendes Lächeln und antwortete schlicht: „Danke."

„Hab ich doch gesagt", sagte Ella zwischen uns, sah von einem zum anderen und grinste. Dann gingen wir in Ines' Wohnung und ich tat, was ich immer tue, wenn ich ein gemütliches Sofa sehe: Ich machte es mir bequem. Meine Beine lang ausgestreckt, lehnte ich mit dem Rücken an den riesigen Kissen und beanspruchte das Sofa für mich allein, während sich Ella und Ines mit den Stühlen des Esstisches begnügen mussten. Dabei konnte ich meinen Blick kaum von Ines abwenden und das blieb nicht unbemerkt. Denn es dauerte kaum zehn Minuten, da verabschiedete sich Ella von uns mit den Worten: „Ich bin hier wohl überflüssig und fahr besser nachhause." Wieder konnte sie sich ein Grinsen nicht verkneifen.

Ines und ich verlebten Tage, die unvergessen bleiben, und zwei Monate später trat sie ihren Gegenbesuch auf Island an. Es war April und kurz zuvor war der *Unaussprechliche* ausgebrochen. Dabei ist dieses Wort so einfach auszusprechen: E-ja-fjalla-jökull. Ich hatte mich oft amüsiert, wenn ich in den deutschen Nachrichten alle möglichen Varianten des Namens hörte: Ejafallajokul - Ejafallajökul. Dabei hatte ich das Gefühl, dass die deutschen Nachrichtensprecher versuchten, den Namen extra schnell auszusprechen, um gebildet zu klingen, und nicht über den Buchstabensalat zu stolpern. Und Ines wäre es sicher nicht anders gegangen. Sie war aber so klug, immer nur von dem *Ungeheuer* zu sprechen. Und dieses *Ungeheuer* hatte sie bereits beim Landeanflug auf Island fasziniert.

Sie hatte die imposante Aschewolke, die an diesem Tag einem riesigen, graubraunen Pilz glich, klar und deutlich aus dem Flugzeugfenster gesehen und brannte darauf, den Berg aus der Nähe zu betrachten. Deswegen kam ich nicht um einen Ausflug zum Vulkan herum. Er spie aber nicht nur gift-rote Lavafontänen und Asche in die Höhe, sondern schleuderte ebenso gigantische Felsbrocken aus seinem Inneren. Donnernd schlugen sie irgendwo in der Nähe des neuentstandenen Kraters auf. Für uns wäre es lebensgefährlich gewesen, dort hinaufzusteigen. Deswegen blieben wir weit unterhalb des Kraterrandes in seiner unmittelbaren Nähe. Dort fiel der mächtige *Skògafoss* in die Tiefe. Seine Gischt spritzte uns nass, obwohl wir einigen Abstand eingehalten hatten. Schäumend-weiß rauschte das Wasser sechzig Meter tief und diese Farbe stand ganz im Gegensatz zu der pechschwarzen Asche, die sich binnen weniger Tage nach dem Ausbruch über das Land gelegt hatte.

Unsere dicken Schuhsohlen tauchten tief in die Asche ein und auch mein Auto war nach kurzer Zeit mit einem Aschefilm überzogen. Ganz in der Nähe vom Wagen stand ein türkisfarbenes Hinweisschild, das schräg auf seiner Halterung angebracht war. Auf der Schräge konnte sich nicht viel Asche halten, aber es war genug, dass ich mit meinen Fingern ein Herz hineinzeichnen konnte. Ich schmückte es mit unseren Initialen.

Dieser Ausflug und die darauffolgende Zeit auf Island führten bei Ines dazu, dass sie nicht nur mich, sondern auch die Insel in ihr Herz schloss. Zusammen mit den Islandpferden, die ihr Leben schon zwanzig Jahre lang begleiteten, hatte sie nun drei gute Gründe um ein Jahr später auszuwandern.

Fast sieben Jahre kenne ich meine Frau jetzt schon. Mein Gott, wie schnell die Zeit vergeht. Und mein Single-Leben habe ich keinen Tag vermisst. Gut, Ella, das hast du gut gemacht!

Ich lag immer noch im Bett, lächelte in mich hinein und dachte an den gestrigen Abend.

Im Sommer hatten wir alle, meine Tochter aus erster Ehe, ihr Mann und ihr siebenjähriger Sohn Jacob, Ines und ich bei Ella in Deutschland Urlaub gemacht. Seitdem, erzählte Ingibjörg gestern, sprach Jacob nur noch von diesem fünfjährigen, blonden Mädchen, das in Deutschland auf dem Bauernhof lebte. Von Josi, Ellas Tochter. Ella war inzwischen alleinerziehend, denn ihr Angebeteter von damals hatte sich aus dem Staub gemacht.

Bei dem Gedanken an die Nachricht, die meine Frau mir vorhin überbracht hatte, brach ich erneut in schallendes Gelächter aus. Sie hatte erzählt: „Ich habe Ella heute Morgen am Telefon gesagt, dass Jacob nur noch von Josi redet und am liebsten nach Deutschland umziehen will. Und weißt du, was Ella geantwortet hat?"

Ich sah Ines erwartungsvoll an.

„Ella sagte, dass Josi seit gestern ein Kaninchen hat, das sie feierlich auf den Namen Jacob getauft hat."

Nachdem mein Lachanfall vorüber war, dachte ich: Das klingt ganz nach einer weiteren Auswanderung. Aber diesmal in umgekehrter Richtung.

BUNTE VÖGEL

Es war der Nachmittag, eine Woche vor und zwei Tage nach dem kalendarischen Sommeranfang auf Island, und ein Tag vor dem ersten Mai. Ein herrlicher Tag. Die Sonne brannte geradezu vom Himmel herunter und in windgeschützten Ecken kletterte das Thermometer auf erstaunliche zwanzig Grad. In so einer Ecke saßen wir auf einer roten Bank, die umgeben war von hochgewachsenen Nadelbäumen, mitten in der Stadt. Vor uns prangte das historische Parlamentsgebäude, und wir sahen der alljährlichen Pferdeparade zu, die vor dem altehrwürdigen Haus zum Halten gekommen war.

Eine bunt gemischte Truppe war aufgeritten: Rappen, Falben, Schecken, Isabellfarbene, Braune und Cremellos. Auch die Reiter waren bunt, aber einheitlich gekleidet. Ich zählte einhundert hellblaue Jacketts, einhundert weiße Reithosen, schwarze Stiefel und Kappen, dazu knapp zwanzig Fahnen, in den Farben blau, rot und weiß, den Landesfarben. Rot stand für die feuerspeienden Vulkane, weiß für die eisbedeckten Gletscher und blau für den strahlenden Himmel über dem Land. Ein vielfältiges Bild, und passend dazu liefen einige bunte Vögel durch die gaffende Menge. Es waren die typischen isländischen Hippies: Die mit einem roten, rauschenden Bart, gelben Hosen, geringelten Socken und alten Cordjacken, die mehr schmutzig grau als braun wirkten. Seltsamerweise waren die Träger meist junge Burschen, die sich auf dem Platz versammelt hatten, um nach dem Weiterzug der Parade an der Demonstration gegen das Gesundheitssystem teilzunehmen. Den Vogel schoss eine Isländerin mittleren Alters ab, die komplett in Lila gekleidet war. Selbst ihre Haare hatte sie nicht mit dieser leuchtenden Farbe verschont. Mein Mann und ich sahen uns an, und wir grinsten beide. Hier waren Worte überflüssig. Nachdem die Parade weitergezogen war, beschlossen wir, zur nächsten Bar zu gehen. Wir wählten den *English Pub* für diesen Nachmittag, wollten ein gutes Bier genießen, in der Sonne sitzen und dabei die beginnende friedliche Demonstration beobachten. Das Bier zu bestellen war eine Herausforderung und gleichzeitig ein Zeugnis davon, wie kosmopolitisch Reykjavik in den letzten Jahren geworden war, denn die Bedienung sprach kein einziges Wort isländisch.

Ihr Englisch war breit und schlecht zu verstehen. Aber sicherlich hing das nicht damit zusammen, dass wir im *English Pub* saßen. Hier war die ganze Welt irgendwie zuhause. Eine Weile waren wir nur zu zweit am Tisch, dann gesellte sich der erste Isländer zu uns. Das ist normal, niemand sitzt in Island lange allein. Auch er wollte der Demonstration beiwohnen und hatte einen guten Grund dafür. Nach ein paar Worten stellte sich heraus, dass mein Mann und er schon so manche Partynacht miteinander gefeiert und sich dann für viele Jahre aus den Augen verloren hatten. Mein Mann hatte ihn nicht wiedererkannt.

Alt war er geworden. Steinalt. Tatsächlich? Nein, er hatte einen Schlaganfall erlitten, war jetzt wieder halbwegs auf den Beinen und nun hier, um sich in den Kampf um eine bessere Krankenversorgung einzubringen. Seine Hände zitterten ohne Unterlass. Er bestellte sich ebenfalls ein Bier. Es wurde ihm mit einem Strohhalm serviert. Dann unterhielten sich die beiden neuenalten Freunde auf typisch isländische Art. Sie sprachen über dieses und jenes, und über Jene und Welche. Schließlich konnte ich nicht mehr folgen, sie sprachen viel zu schnell für mich als Zugereiste. Irgendwann bemerkte der Freund meines Mannes, dass ich nicht mehr zuhörte. Als ich ihm erklärte, dass ich Deutsche war, zwinkerte er mir zu und sagte trocken: „Dann sprechen wir jetzt eben deine Sprache." Diese Worte kamen ihm ganz selbstverständlich in akzentfreiem Deutsch über die Lippen. Ich erfuhr, dass er ehemaliger führender Ökonom auf Island gewesen war und in München studiert hatte. Ebenso hatte er erfolgreich in der Politik mitgemischt, und dem erst kürzlich zurückgetretenen Minister, der an der Panama-Paper-Krise gescheitert war, in diese Position verholfen, wurde einmal wöchentlich vom Präsidenten angerufen und saß nun hier, schwer erkrankt, und wollte etwas an diesem miserablen Gesundheitssystem ändern. Mit Recht! Und dann gesellte sich der mit Abstand bunteste Vogel des heutigen Tages an unseren Tisch. Eine Isländerin mit blonden Haaren, einer roten Sonnenbrille mit verspiegelten Gläsern, langen roten Ohrringen und einer roten Perlenkette. Dazu trug sie ein rotes eng anliegendes Sweatshirt mit Zipper, der bis weit in das Dekolleté hinein geöffnet war. Darunter kam ein rotes Top zum Vorschein. Eine enge, bis zu den Waden reichende knallrote Sporthose, offene Sandalen in, man ahnt es schon Rot, geringelte weiß-rote Söckchen, und für den Fall, dass es am Abend ein wenig kälter werden würde, hatte sie noch eine flammend rote Daunenjacke bei sich.

Der kleine sprachliche Ausflug in meine Muttersprache endete mit ihrer Ankunft. Ich gab es auf der Unterhaltung der Dreien folgen zu wollen und sah mich stattdessen um. Die Demonstration lief vollkommen friedlich. Weit und breit konnte ich keinen einzigen Polizisten sehen und fragte mich, ob die Menschen es tatsächlich schaffen würden, mit dieser besonnenen Art in die

Köpfe der Politiker vorzudringen. Die Vergangenheit jedoch hatte mir gezeigt, dass die Bevölkerung mit ihren Protesten Vieles bewegen konnte. Vielleicht war das eine Errungenschaft aus den ganz alten Tagen, als die Isländer das erste demokratische Parlament der Welt gegründet hatten.

Ich wünschte den Kranken von ganzen Herzen Erfolg, denn Medikamente waren hier so teuer, wie nirgends sonst.

Mein Blick schweifte weiter umher. Die Tische der Bars und Restaurants waren voll besetzt, und ich hörte die unterschiedlichsten Sprachen. Reykjavik war voller Touristen. Schweden, Dänen, Deutsche, Niederländer, Amerikaner, Franzosen und Japaner. Das Bild war nicht nur optisch voller bunter Vögel, sondern das Stimmengewirr klang auch in meinen Ohren wie das Gezwitscher einer bunt gemischten Vogelschar. Plötzlich verspürte ich die Lust etwas zu tun, was ich niemals vorher getan hatte.

Ich winkte der Bedienung, bezahlte unsere Getränke, verabschiedete mich und zog meinen Mann an der Hand hinter mir her. Ich wollte ihn zum Essen einladen. Wir gingen den Laugarvegur hoch und stoppten vor einem Spezialitätenrestaurant. Verwundert sah er mich an. Er konnte nicht glauben, dass ich genau hier essen wollte. Aber mir war es ernst damit. Heute wollte auch ich ein bunter Vogel sein. Ich bin Ornithologin und meine Aufgabe ist es, die Papageientaucher auf Island zu beobachten. Auf der Speisekarte des Restaurants wurde geräucherter Papageientaucher angeboten. Lundi klang viel besser als Papageientaucher oder Puffin, es hätte auch der Vorname des Clownvogels sein können. *Irgendwie sind wir doch alle bunte Vögel, dachte ich.* Und dann gingen wir ins Restaurant.

GEBROCHEN

Ich stand am Fenster und starrte durch das Fernglas. Draußen tobte der Schneesturm. Ich konnte nichts weiter erkennen als Flocken, die umherwirbelten. Daher würde ich persönlich hinausgehen und nachsehen müssen, ob es den Pferden gut ging.

Warum war ich derjenige, der auf sie aufpassen musste? In diesem Moment fragte ich mich mal wieder, warum meine Kinder alles bei ihrem alten Vater abluden: ihre Pferde, ihre rostigen Autos und ihre Probleme, die sie damit manchmal zu meinen machten. Und ich übernahm das alles klaglos, weil ich sie liebte.

Der Sturm peitschte um das Farmhaus. Wie hoch sich wohl inzwischen der Schnee an der Hinterwand des Hauses aufgetürmt hatte?

Ich schlüpfte in meine schweren Schuhe und nahm meine Daunenjacke vom Stuhl. *Sollte ich meine Eiskrampen unter die Schuhe schnallen*, überlegte ich. Nein, die paar Meter würde ich ohne sie auskommen.

Darauf vorbereitet, dass mir die Tür wegen des Sturms entgegenschlagen würde, packte ich den Griff mit eiserner Hand und drückte ihn herunter. Gleichzeitig stemmte ich meinen Oberkörper nach vorne, und dann spürte ich schon den gewaltigen Druck. Als rammten vier starke Wikinger einen Baumstamm gegen meine Tür. Doch ich war vorbereitet. Im Bruchteil einer Sekunde drückte ich meine Schulter gegen das Türblatt und umklammerte mit der freien Hand den Türgriff an der Außenseite.

Mein Gott, dieser verdammte Winter geht mir auf die Nerven.

Seit drei Monaten war alles hier im Westen im Schnee und Eis versunken, selbst das Licht. Es dämmerte bereits. Ich hatte keine Zeit zu verlieren, wenn ich die Pferde noch sehen und mich davon überzeugen wollte, dass es ihnen an nichts fehlte und sie ausreichend Silage zu fressen hatten. Zu wenig Futter würde bedeuten, dass sie in dieser Nacht zu viel Energie verlieren und frieren würden.

Eilig stapfte ich durch den Schnee. Tatsächlich hatte sich hinter Haus *Horn* eine fast zwei Meter hohe Wand aufgetürmt. An anderer Stelle hatte der Sturm den meisten Schnee weggeweht und eine breite Schneise in die Schneedecke geschlagen. Aufgrund des eiskalten Gegenwinds kam ich kaum vorwärts, doch konnte ich bald in unmittelbarer Nähe des Hauses einen Futterballen entdecken. Es war nur noch ein Rest, aber es würde über Nacht reichen. Beruhigt, dass ich bei diesem Wetter nicht für Futternachschub würde sorgen müssen, kämpfte ich mich zurück zur Vorderseite des Hauses.

Ich musste nachsehen, ob mit den Tieren alles in Ordnung war. Vermutlich hatten sie weit unterhalb des Hauses nahe des Flusses Zuflucht gesucht. Ein riesiger Lavasteinhügel, der im Sommer mit Moos und Flechten bedeckt war, schützte sie dort vor dem eisigen Wind.

Mir genügt ein Blick auf sie. Ich werde bestimmt nicht versuchen, bis zu ihnen hinunter zu laufen.

Den nächsten Schritt hätte ich schon nicht machen sollen. Plötzlich wurde ich von den Beinen gerissen. Vergeblich ruderte ich mit den Armen, versuchte das Gleichgewicht zu halten und wieder festen Boden unter meinen Füßen zu finden. Überall war Eis. Ich hatte es unter der dünnen Schneedecke, die der Sturm an dieser Stelle liegengelassen hatte, nicht bemerkt. Ich fiel. Krachend kam ich auf dem eiskalten Untergrund auf. Gleichzeitig knackte und knirschte es in meiner Hüfte, ein entsetzliches Geräusch, und ich spürte Schmerz. Furchtbaren Schmerz. Ich schrie so laut ich konnte, wollte ihn damit aus meinem Körper vertreiben, aber es gelang mir nicht.

Ich darf nicht ohnmächtig werden, auf keinen Fall darf ich hier das Bewusstsein verlieren!

Ich hatte mir die Hüfte gebrochen, das spürte ich. Um der Ohnmacht zu entgehen, horchte ich in mich hinein. Konnte ich es schaffen, ins Haus zurück zu kriechen, um der Eiseskälte zu entgehen? Ich musste es versuchen! Doch als ich mich aufsetzen wollte, durchfuhr mich erneut dieser rasende Schmerz.

So geht es nicht! Ich kann mich nicht aufrichten.

So behutsam wie möglich, legte ich mich auf die Eisfläche und drehte meinen Kopf soweit es ging zur Seite. Ich lag ungefähr fünfzehn Meter von meiner Haustür entfernt. Vorsichtig begann ich, auf meinen Schultern rückwärts zu rutschen. Dabei hatte ich das linke Bein angewinkelt und setzte die Fußsohle auf den eisigen Untergrund. Das half mir ein wenig, das Gewicht meines Körpers rückwärts zu schieben. Es dauerte lange und die Anstrengung war fast unmenschlich. Doch plötzlich schlug mein Kopf an einem Hindernis an. Das war sie: diese eine kleine Stufe, die zwischen mir und dem Hauseingang lag. Irgendwie schaffte ich es, über die Stufe zu rutschen. Die Türklinke war in griffbereiter Nähe. Ich musste nur kurz den Oberkörper heben und den

Griff fassen, dann würde der Wind die Tür für mich aufdrücken. Ich machte eine kurze Verschnaufpause und wappnete mich. Gleich würde der Schmerz unerträglich werden: „Helviti", schrie ich auf und drückte die Klinke. Und dann ließ ich mich zurücksinken. Ich hatte es geschafft.

Zum Stuhl im Flur zu rutschen und die Haustür mit dem linken Bein zuzutreten, kam mir jetzt wie ein Kinderspiel vor. Und in diesem Moment liebte ich meinen Flur. Denn er war riesig. Behaglich eingerichtet war er gleichzeitig mein Kaminzimmer. Das Feuer brannte und gab lebensrettende Wärme ab.

Eine Reihe Flaschen gefüllt mit edlem Cognac standen griffbereit. Ich hatte eine beachtliche Sammlung angehäuft, die noch aus der Zeit stammte, als ich mit Diplomatengepäck gereist war. Jetzt schien mir der Zeitpunkt gekommen, eine von ihnen zu öffnen.

Irgendwann hatte ich mich auf den Lehnstuhl gequält, mir ein Glas Cognac eingegossen und griff nach meinem Telefon, das auf dem Kaminsims gelegen hatte. Den Rettungsdienst anzurufen hielt ich für zwecklos. Ich hörte sie schon sagen: „Jetzt sollen wir nach *Horn* rausfahren, bei diesem Sturm? Du musst warten, bis sich das Wetter beruhigt hat."

Also wählte ich in aller Seelenruhe die Nummer meines Sohnes. Er war natürlich in Sorge, weil er wusste, dass ich handlungsunfähig dort sitzen bleiben musste, bis sich das Wetter beruhigt hatte. Bevor wir auflegten, flüsterte er mir zu: „Papi, du bist mein Held. Ich liebe dich."

Ach, meine Kinder sind die besten Kinder dieser Welt!

Ich trank ein weiteres Glas Cognac und noch ein weiteres ... Stunden später ließ der Schmerz nach und ich wurde angenehm schläfrig.

Als ich wieder aufwachte, fiel Tageslicht durch die Fenster. Ich hatte die ganze Nacht auf diesem Stuhl verbracht, rieb mir jetzt die Augen und fuhr mit den Händen durch meine Haare. Dann griff ich erneut zum Telefon.

Der Rettungswagen hatte sich um die Mittagszeit einen Weg durch die Winterlandschaft gebahnt und transportierte mich ins Krankenhaus. Endlich! Mir fiel ein Stein vom Herzen, obwohl ich ahnte, dass ich um eine Operation nicht herumkommen würde. Wahrscheinlich würde man mir ein künstliches Hüftgelenk einsetzen.

Und diese Ahnung bestätigte sich, als der Arzt am späten Abend zu mir ins Krankenzimmer kam. Obwohl mir die Operation gründlich zuwider war, musste ich mich in mein Schicksal fügen, wollte ich irgendwann wieder laufen können.

Nach ein paar Wochen war ich auf einem guten Weg der Besserung. Ich kam mit dem künstlichen Gelenk zurecht und stand in Gedanken versunken im Untersuchungszimmer des Krankenhauses zur Nachkontrolle, als plötzlich die Tür aufflog und mich aus dem Gleichgewicht brachte. Noch während ich fiel, dachte ich: Nein, nicht nochmal ... und hörte sofort darauf das wohlbekannte Knacken meines brechenden Hüftgelenks.

Bevor mir schwarz vor Augen wurde, sah ich in das erschrockene Gesicht meines Sohnes, der in der offenen Tür stand.

ERSCHLAGEN

Auf leisen Sohlen pirschte er sich an. Lauerte hinter Felsgestein. Vom Hunger getrieben und mit irrem Blick zog er schließlich seine Kreise um uns. Ich hatte ihn schon bemerkt, da war er nicht mehr als ein dünner, schlaksiger, brauner Wicht, irgendwo ganz weit entfernt. Der Wind hatte seinen stechenden Geruch in meine Nüstern geweht. Wollte er es wirklich so weit treiben und uns angreifen?

Wir waren eine kleine Herde, mit einigen Fohlen, die noch bei uns säugten. Manche waren gerade erst vier Wochen alt, noch ungelenk und nicht sicher auf ihren Beinchen, in dieser unebenen, moosigen Weidelandschaft. Ich war mächtig stolz auf meine Kleine. Sie hatte eine zauberhafte Mähne, schlohweiß und kraus. Ihr Fell hatte die Farbe Goldisabell und ständig spielte sie mit den anderen Fohlen. Doch jetzt konnte ich nicht zulassen, dass sie sich weit von mir entfernte!

Ich behielt den Feind im Auge und ging mächtigen Schrittes auf die anderen Stuten zu, die sich unruhig bewegten. Noch gab es kein Anzeichen, dass unsere kleine Herde in Panik flüchten würde. Eher gaben sie Zeichen der Verwunderung von sich. Denn ein solches Tier hatte noch nie eine Herde angegriffen. Es lebte von Kaninchen und Mäusen. Ich war aber sicher, dieser hier würde es tun! Er hatte es auf unsere Kinder abgesehen. Deswegen trieb ich die anderen Stuten und die Fohlen zusammen. Und zwar so, dass die Kleinen Schutz in der Mitte fanden, während die Mütter sich um sie herum aufstellten. Meine Kleine stand nun nahe ihrer Tante und ich wollte mich gerade schützend an ihre Seite stellen, als der Räuber angriff!

Blitzschnell schoss er in unsere Mitte und biss zu. Er erwischte das Hinterbein meiner Kleinen. Blut floss aus der Wunde; ich konnte den Anblick kaum ertragen. Das sollte er mir büßen! Ich ging zum Gegenangriff über. Die Ohren hatte ich flach an den Kopf gelegt und das Maul so weit aufgerissen, dass sogar die anderen im Begriff waren, vor mir zu fliehen. Doch ich wollte ihn packen! Im Genick! Ich biss zu und schmeckte den widerlich herben Geschmack seines wilden Fells. Dann riss ich ihn weg vom Bein meiner Kleinen und schleuderte ihn mit einer mächtigen Kopfbewegung zur Seite. Dumpf klatschte sein Körper gegen einen Felsen.

Aber nach einem kurzen Moment rappelte er sich wieder auf. Das konnte ich nicht zulassen! Er sollte sterben! Wieder griff ich an, doch dieses Mal biss ich nicht zu. Nein, ich schlug zu. Ich schlug solange zu, bis sich unter meinen Hufen nichts mehr regte.

Am nächsten Morgen bekamen wir Besuch. Unser Bauer entdeckte die Wunden meiner Kleinen und die Spuren eines Polarfuchses, dessen Kadaver einigen Kolkraben als Nahrung diente.

BEBEN

Ich wartete schon den ganzen Tag. Aber bald würde sie nachhause kommen und mich abholen. Wie jeden Tag um diese Zeit. Nachmittags gingen wir immer im nahegelegenen Wald spazieren. Dabei tobten wir manchmal oder spielten Verstecken. Beim Versteckspiel wartete ich, bis sie aus meinem Blickfeld verschwand. Oft dauerte es eine kleine Ewigkeit, bis ich sie hinter den Nadelbäumen aufgespürt hatte. Sie war eine Meisterin darin, fast spurlos zu verschwinden. Da half mir auch meine feine Nase kaum.

Heute würden wir weder toben noch Verstecken miteinander spielen. Das wusste ich genau. Denn die Sonne schien ungewöhnlich heiß. Viel zu heiß für Ende Mai. Schon am frühen Morgen war kein Wölkchen am Himmel zu sehen gewesen und genau dieses Wetter nutzte sie immer, um am Varmá entlang zu laufen, sich ein ruhiges Plätzchen am Flussufer zu suchen und eine Weile zu faulenzen. Entweder lag ich dann still neben ihr, oder ich erkundete die Umgebung, ließ mich von den vielen Düften um mich herum leiten oder stöberte Vögel auf, die verborgen im hohen Gras oder unter Flechten saß. Aber wenn ich den falschen Vogel aufstöberte, die Fluss-Seeschwalbe, dann mussten wir beide fliehen. Besonders dann, wenn Brutzeit war. Diese Vögel waren hundsgemein, rasten im Sturzflug auf uns zu und versuchten in unsere Köpfe zu hacken. Dann flogen mir allerdings nicht nur die Vögel um die Schlappohren, sondern auch ihre Flüche, die mich dazu anhielten, ganz brav in geduckter Haltung vor ihr herzurennen und nichts falsch zu machen. Also, nicht mehr als jetzt schon! Ihre Worte konnte ich nicht verstehen, aber sie klangen nach Ärger. Ich hielt dann immer eine Weile Abstand zu ihr, bis ich hoffen konnte, dass sie den Vorfall vergessen hatte und ich mutig genug war, mich wieder zu ihr zu gesellen. Ja, ich war sicher, dass wir heute an den Fluss gehen würden.

Und dann hörte ich das ersehnte Motorengeräusch, auf das ich jeden Tag warte, und lief voller Vorfreude in den Hausflur. Ihr Auto hielt vor dem Haus. Der Motor wurde ausgeschaltet, dann schepperte die Wagentür, ein paar Sekunden später öffnete sie die Eingangstür und betrat den Hausflur.

Ich hatte sie schrecklich vermisst! So schrecklich vermisst, dass ich gar nicht wusste, wohin mit meiner überschwänglichen Freude. Erst lief ich hin und her, dann drehte ich mich wie wild im Kreis.

Sie versuchte, mich zu beruhigen, redete liebevoll auf mich ein, beugte sich zu mir hinunter und tätschelte meinen Kopf. Ihre Hand auf meinem Kopf zu spüren, war schön, gab mir das Gefühl von Geborgenheit und langsam wurde ich ruhiger. Ich setzte mich und mein Blick wanderte von ihren Fußspitzen aufwärts in ihr Gesicht. Bis auch er beim Anblick ihrer Augen zur Ruhe kam. Auch sie sah mich an und murmelte ein paar Worte. Dann bewegte sich ihre Hand nach rechts. Dort stand eine Kommode mit drei Schubladen. Sie zog die unterste Schublade auf, griff hinein – und hielt die Leine in der Hand. Und ich sprang voller Freude mit den Vorderbeinen an ihr hoch, bellte und wedelte wild mit dem Schwanz.

Kurz darauf waren wir beide unterwegs. Die Gerüche draußen hatten sich seit dem Morgen verändert. Ich schnüffelte an jedem Busch, der an unserem Weg stand, hob mein Bein und ließ fremde Hunde wissen, wessen Revier das war.

Manche Rüden, die hier vorbeigekommen waren, waren offenbar sehr viel größer als ich. Denn ich musste mich teilweise höllisch anstrengen, meine Marke über die ihre zu setzen, musste mich strecken und auf die Zehenspitzen stellen. Und manchmal war meine Mühe schlicht vergeblich.

Ich war so mit dem Schnüffeln beschäftigt, dass ich gar nicht mitbekam, dass sie den Weg in den Wald eingeschlagen hatte, anstatt zum Fluss zu gehen. Als sie mich von der Leine freimachte, befanden wir uns schon oberhalb der Baumgrenze, in vierhundert Metern Höhe. Was? Heute doch kein Fluss? Ich war mir so sicher gewesen, dass sie heute faulenzen würde. Aber im Grunde war es mir egal. Hier oben war es ebenso schön wie am Fluss. Hier lenkten mich weniger Gerüche ab, denn selten verirrten sich andere Hunde hierher. Auch die Vögel interessierten mich hier oben nicht, ich konnte sie schlicht nicht erreichen. Sie saßen zu hoch in den zerklüfteten Spalten der Berge.

Aber rennen konnte ich hier. Bergauf und bergab. Manchmal sprang ich über eine kleine Quelle, die aus einem Vorsprung hervorsprudelte. Das Wasser war eiskalt und kristallklar und ich hütete mich davor, versehentlich hineinzutreten. Wasser ist gut zum Trinken. Aber hineinspringen? Nein! Hier oben gab es viel weiches Moos, in welches ich viel lieber hineinsprang und es genoss, darüber zu laufen. Manchmal stolperte ich auch über das dichte Astwerk der Kriechbirken, aber das machte mir nichts aus.

Mein Frauchen konnte mit mir nicht mithalten und wanderte auf dem Sandweg unterhalb von mir. Ab und zu hielt ich in meinem Spiel inne und vergewisserte mich, dass sie noch in Sichtweite war. Verlieren durfte ich sie auf keinen Fall.

In diesem Moment spürte ich es. Hier stimmte etwas nicht! Ich stellte meine Ohren auf, lauschte angestrengt, schnupperte. Vielleicht würde mir meine Nase verraten, was hier vorging. Aber die leichte Brise, die mir durch das Fell wehte, hatte keine weiteren Informationen für mich.

Plötzlich fühlte ich es, direkt unter meinen Pfoten. Fast panisch suchten meine Augen nach ihr. Sie war immer noch unterhalb der Berge auf dem Sandweg. Siebzig Meter lagen zwischen uns. Und in diesem Moment konnte mich nichts mehr stoppen. Ich rannte los, rannte wie verrückt. Ich musste sie erreichen, bevor ...

Ich bellte, jaulte, sprang an ihr hoch, versuchte, sie mit meinen Pfoten wegzudrücken. Bellte und jaulte weiter, rannte von ihr weg, um ihr zu zeigen, dass sie mir folgen sollte. Sie rührte sich nicht. Erneut rannte zu ihr hin, bellte, rannte wieder weg.

Dann – endlich – schien sie mich zu verstehen. Sie drehte sich um und lief mir nach. Sie hatte mich fast erreicht, als mit ohrenbetäubendem Lärm ein Felsen an der Stelle auf den Sandweg krachte, an dem sie eben noch gestanden hatte. Lebendig begraben hätte er sie.

Ich zitterte am ganzen Leib und sie war zu Tode erschrocken. Minutenlang herrschte Stille. Bedrohliche Stille. Als hätte die Welt den Atem angehalten. Und dann brach die Erde auf.

Mindestens einen Meter breit und drei Meter tief tat sich kaum fünfzig Meter von uns entfernt eine Erdspalte auf. Und dann kam das Beben.

Sie strauchelte, verlor den Halt unter ihren Füßen und stürzte.

Und wieder kam ein Erdstoß. Gewaltiger als der erste.

Ihre Hände krallten sich in den Sand und sie stemmte ihre Füße auf den Sandweg, während ich zitternd neben ihr stand. Die Erdspalte riss immer weiter auf, hatte inzwischen eine beachtliche Länge erreicht. Sie war so lang geworden, dass ich ihr Ende nicht mehr sehen konnte.

Und dann beruhigte sich das Beben wieder.

Plötzlich war es vorbei. Einfach vorbei.

Unsicher schaute ich sie an. Einen Moment lang schien sie wie erstarrt, aber dann nahm sie mich in den Arm. Hielt mich fest umklammert und küsste mich auf den Kopf.

Auf wackeligen Beinen traten wir gemeinsam den Heimweg an. Zurück in Hveragerði, trafen wir auf viele Menschen, die vor den Trümmern ihrer Häuser standen.

Wir gingen zum Einkaufszentrum und trafen einen Mann, den ich noch nie gesehen hatte. Mein Frauchen und er sprachen miteinander. Als der Mann sich zu mir herunterbeugte und mich streichelte, sagte er: „Das hast du gut gemacht, mein kleiner Chinese." Die Worte kleiner Chinese und gut gemacht verstehe ich. Denn mein Frauchen benutzt sie immer, wenn sie stolz auf mich ist. Und dass ich ein kleiner chinesischer Nackthund mit Fell bin und Lubbi heiße, weiß ich auch.

Dann erhob sich der fremde Mann wieder und wir alle blickten voller Ehrfurcht in die tiefe Spalte, die sich quer durch das Einkaufszentrum gefurcht hatte.

Die Kontinente Amerika und Europa waren voneinander weggerückt. Mehr als einen Meter weit.

SCHMUGGELEI

„Hör zu, wir laufen in dreißig Minuten im Hafen ein. Verschwinde gefälligst mit deiner Schmuggelware aus meiner Kombüse." Unmittelbar nach Ellis schroffen Worten stand mir kalter Schweiß auf der Stirn.

Dieser freche Koch, monatelang hat er mein Versteck in seiner Küche geduldet und jetzt soll ich in so kurzer Zeit ein anderes finden. Dieser Vollidiot! Das macht der nur, weil er beim letzten Mal leer ausgegangen ist. Dabei wollte ich ihm doch jetzt wieder etwas abgeben.

Aber mir halfen weder Jammern, Betteln, Flehen noch wüste Verwünschungen. Ich brauchte ein neues Versteck und zwar sofort. Fieberhaft überlegte ich: *Meine Rettung könnte der Kühlschrank sein, der auf der Brücke steht.*

Ganz sicher war ich mir nicht, aber ich wollte es auf einen Versuch ankommen lassen. Den Kühlschrank hatten die Jungs vom Zoll noch nie gefilzt. Wahrscheinlich dachten sie, unser Kapitän sei ein integrer Mann. *Na, wenn sie sich da mal nicht täuschten*, dachte ich, grinste und machte mich an die Arbeit. Die Zeit saß mir im Nacken. Schließlich musste ich mehrere Paletten von dem Zeugs aus der Kombüse fortschaffen und nach oben schleppen. Und dann musste ich auch noch dafür sorgen, dass der Kapitän nicht auf der Brücke war.

Ich war unterwegs mit der ersten Palette, da traf ich auf Siggi. „He, was wird denn das?", fragte er und zeigte mir einen Vogel.

„Bist du total bescheuert, jetzt kurz vor dem Einlaufen mit dem Zeugs durch das Schiff zu rennen?"

Ausgerechnet er fehlt mir noch.

„Hilf mir lieber, anstatt mich blöd anzuquatschen."

Seine Antwort brauchte ich gar nicht abzuwarten, denn ich kannte sie: „Was krieg ich dafür?"

Mich wunderte nicht, dass er den Beinamen *Siggi, der Halsabschneider* trug. „Du kannst eine Palette haben." Eine Palette reichte aus.

Bereitwillig erkundigte er sich nach seiner Aufgabe. Ich erklärte ihm, dass wir zuerst die Schmuggelware aus der Kombüse hochschaffen würden und er dann den Kapitän unter irgendeinem Vorwand von der Brücke locken musste. Mir war jetzt schon klar, dass ich eine weitere halbe Palette verlieren würde. Denn Ingi, unser Brückenoffizier, würde ganz bestimmt nicht ohne Entlohnung wegschauen, wenn wir den Kühlschrank vollstopften.

Ich stöhnte, schüttelte den Kopf und reichte Siggi die Palette, die ich trug. „Versteck sie erstmal oben in der Toilette neben der Brücke. Ich hol inzwischen die nächste aus der Kombüse." Siggi lief in die eine Richtung und ich in die andere. Wir waren erstaunlich schnell, kreuzten unsere Wege fünfmal und tauschten dabei ständig den Toilettenschlüssel. Denn wir hatten - nur zur Vorsicht - jedes Mal die Tür verschlossen. Nach nur elf Minuten stand die Schmuggelware, aufeinander gestapelt in dem winzigen Raum und wartete auf ihr endgültiges Versteck.

„Wie soll ich den Kapitän von der Brücke bekommen, so kurz vor dem Einlaufen? Hast du dir darüber schon mal Gedanken gemacht?"

Das war durchaus eine kniffelige Angelegenheit. Nervös kratzte ich mich am Kopf und strich danach fahrig mit der Hand über das Gesicht. „Warte, warte ich muss nachdenken." Wenig später kam mir die zündende Idee und ich dachte: *Genial, das könnte funktionieren.*

Dann weihte ich Siggi ein, der mir als Zeichen seines Einverständnisses einfach die erhobenen Daumen entgegenstreckte und dann die Tür zur Brücke kraftvoll aufdrückte. Ich verschwand eilig in der Toilette, die ich von innen verschloss und lauschte an der Tür.

Und dann geschah, was ich geplant hatte.

„Wenn ich *den erwische*, kann er sich auf eine Abreibung gefasst machen, waren die Worte, die der Kapitän lautstark von sich gab, während er wutentbrannt die Brücke verließ und Richtung Unterdeck stürmte. Gefolgt von Siggi, dessen Schritte nicht minder stürmisch waren.

Scheinbar funktioniert mein Plan.

Ich rieb mir die Hände, schnappte die erste Palette und verließ mit ihr die Toilette. Dann drückte ich die Tür zur Brücke auf und erstickte die Worte, die auf Ingis Lippen lagen, im Keim. „Du kriegst eine halbe ab. Mach den Kühlschrank auf."

Ingi schaute zuerst mich verdutzt an, dann die Schmuggelware und sagte dann grinsend: „Aber klar doch, Mann, für eine halbe Palette, rolle ich dir auch den roten Teppich aus." Dann öffnete er den Schrank.

Klappt doch alles, dachte ich.

Jetzt musste ich mich sputen und deponierte in Windeseile eine Palette nach der anderen im Kühlschrank, der zum Glück, bis auf zwei Dosen Cola, leer war.

Gerade als ich mit der Schlepperei fertig war, betrat der Kapitän die Brücke.

„Der Siggi ist ein Vollidiot!", schimpfte er vor sich hin. „Da pack ich den Koch am Kragen, für nichts."

Ingi schaute den Kapitän verwundert an, der abfällig mit der Hand abwinkte und sich wieder seiner Arbeit zuwandte. Ich machte mich eilig aus dem Staub, noch bevor der Kapitän sich über meine Anwesenheit hier oben auf der Brücke wundern konnte und begab mich auf die Suche nach Siggi. Als ich ihn endlich gefunden hatte, vertäute er bereits das Schiff. Jetzt konnte ich nur noch beten, dass die Jungs vom Zoll den Kahn nicht auf links drehen würden. Aufgeregt verschwand ich in meiner Kabine, stopfte die letzten Klamotten in meinen Rucksack und horchte wieder an der Tür.

Vielleicht ist es besser, noch einen Moment abzuwarten, bevor ich von Bord gehe, dachte ich.

Die Kombüse war für heute ohnehin tabu. Erstens war meine Arbeit als Küchenjunge erledigt und zweitens wollte ich dem Koch auf keinen Fall noch einmal begegnen. Zumindest nicht, ohne vorher mit Siggi gesprochen zu haben. Ich beschloss abzuwarten.

Minutenlang war alles still, draußen auf dem Gang. Ich wog mich in Sicherheit und wollte gerade die Tür öffnen, als plötzlich ein Stimmengewirr zu hören war. Und das so laut, dass ich unwillkürlich dachte, direkt vor meiner Kabine hätte sich eine ganze Handballmannschaft versammelt, um ihren Sieg zu feiern. Manche Stimmen grölten, manche fluchten und manche lachten laut. Unter all den Stimmen, hatte ich jedoch die des Kapitäns erkannt: „Diesen Hundesohn, den soll der Teufel holen." Dann kehrte plötzlich wieder Stille ein.

Mir stand kalter Schweiß auf der Stirn.

Was kann ich nur tun. Die haben bestimmt die Schmuggelware entdeckt. Oh Gott, oh Gott. Verzweifelt ließ ich mich auf mein Bett sinken und vergrub mein Gesicht in den Händen. Der Film, der vor meinen geschlossenen Augen ablief, war entsetzlich: Da wartete das Gefängnis auf mich, meine Frau würde mich verlassen und mir die Kinder entziehen. Und für alle Zeit, würde ich ein Schild um meinen Hals tragen, auf dem zu lesen stand: *Vorsicht, Schmuggler.*

Meine Lage war verzwickt, wenn nicht aussichtslos und ich machte mir bittere Selbstvorwürfe. Nun würde es nicht mehr lange dauern, bis ein Suchkommando unterwegs zu meiner Kabine war, oder sie bei mir zu Hause mit dem Haftbefehl auf mich warteten.

Als es wenig später an der Tür klopfte, machte ich mir keine Illusionen über meine Zukunft mehr, sondern wollte mich in mein Schicksal ergeben. Mit zitternder Hand öffnete ich, schaute betreten zu Boden und erschrak, als mir gleichzeitig eine Hand auf die Schulter gelegt wurde.

„Na, da hast du ja was angezettelt, alter Junge." Ich war regelrecht verblüfft, denn Siggi stand vor meiner Tür. Und damit hatte ich überhaupt nicht gerechnet.

Wie ein scheues Rentier, blickte ich ihn an und sagte: „Ich dachte, sie kommen mich holen."

„Wer soll dich holen kommen?"

„Na, die Jungs vom Zoll."

Siggi brach in schallendes Gelächter aus. „Nein, die holen dich bestimmt nicht."

Als wir gerade auf dem Weg zur Brücke waren, erklang hinter uns eine laute Stimme: „Halt, du Bastard." Mir fuhr der Schreck in die Glieder, denn es war die Stimme von Elli, dem Koch. Augenblicklich blieb ich im Gang wie angewurzelt stehen und sah Siggi an. Der verzog sein Gesicht zu einem Grinsen.

Hol tief Luft und schluck den Kloß im Hals hinunter, mahnte ich mich selbst.

Dann erreichte uns der Koch: „Eigentlich würde ich dich gern eigenhändig erwürgen, du Taugenichts. Was fällt dir ein, den Kapitän auf mich zu hetzen?" Erst funkelten seinen Augen gefährlich, doch dann ganz unvermittelt, verzog auch er sein Gesicht zu einem wissenden Grinsen.

Irritiert sah ich von einem zum anderen. Aber ich suchte in ihren Gesichtern vergeblich nach einer Antwort. Stattdessen setzten wir unseren Weg durch den endlos langen Gang fort. Während die Beiden entsetzlich gute Laune hatten, fühlte ich mich matt und niedergeschlagen. Aber dieses Gefühl änderte sich schlagartig, als wir die Brücke betraten: Dort standen der Kapitän, Ingi und der Rest der Mannschaft, sowie drei Jungs vom Zoll. Die Tür des Kühlschranks stand offen und alle Anwesenden hielten Bierdosen in ihren Händen.

Meine Schmuggelware! Die saufen mein Bier!

Fassungslos starrte ich erst auf die leeren Dosen, die sich schon am Boden häuften und dann von einem zum anderen. Als mir der Koch von hinten auf die Schulter klopfte, fuhr mir der Schrecken noch einmal in die Glieder: „Na, Junge, hast wohl gedacht, du kannst das Zeugs wieder verticken, ohne uns was abzugeben?"

Dann hämmerten die Stimmen der Jungs vom Zoll auf mich ein: „Ach weißt du, das wäre sowieso dein letztes Schmuggelgeschäft gewesen, die heben das Bierverbot auf."

Als Letzter meldete sich Siggi zu Wort: „War doch klar, dass Elli sich rächt und dein Versteck ausfindig macht, wenn du den Kapitän auf ihn hetzt."

Ich zuckte resignierend mit den Schultern, griff nach einer Dose Bier und dachte: *Die wollten mich vorhin gar nicht abholen, die haben sich nur vor meiner Tür versammelt, um gemeinsam nach oben zu gehen und den Kühlschrank zu plündern. Einfach mein Bier zu trinken! Also wirklich, wie ich solche Leute dick habe, die sich nicht an Regeln und Gesetze halten können.*

UNBERÜHRT

Fast hätte ich vor Schreck den Teller fallen lassen.

Gott, verdammt – muss dieser Pieper immer dann losgehen, wenn ich grad´ was essen will.

Ich legte mein Besteck zur Seite, griff zum Telefon und rief den Einsatzleiter an.

Als das Telefonat beendet war, war mein Ärger vergessen. Mir war klar, dass wir keine Zeit verlieren durften. Drei Minuten später saß ich bereits in voller Montur und vollkommen außer Atem im Auto und startete den Motor. Ich quälte mich über die mit einer zentimeterdicken Eisschicht bedeckten, dunklen Straßen, um in das Einsatzgebiet zu gelangen. *Wann fangen die endlich an, auch abseits der Ringstraße zu streuen,* fragte ich mich.

Und dann geriet der Wagen schon ins Rutschen.

Jetzt bloß nicht bremsen – gegenlenken und runter vom Gas.

Ganz knapp schlitterte ich an einem der gelben Straßenbegrenzungspfähle vorbei und fluchte: „Dieser Idiot, warum muss der unbedingt bei solchem Wetter auf die Jagd gehen."

Es war November und ich fuhr durch den ersten Schneesturm der Saison. Eisiger Nordwind rüttelte an meinem Auto und wollte es von der Straße schieben. Wenn dieser Wind nicht nachlässt, dann würden wir schnell an unsere körperlichen Grenzen stoßen. Der Schneeanzug, den ich trug, würde mich zwar bis zu einer Temperatur von minus 25 Grad warmhalten, aber gegen den Sturm würde er mich nicht schützen. *Unmöglich*, dachte ich.

Die Uhr des Bordcomputers zeigte 22 Uhr 15 und das Thermometer eine Außentemperatur von minus 9 Grad an. „Brrrr – bitterkalt," sagte ich zu mir selbst und begann innerlich zu frieren, obwohl es im Auto inzwischen mollig warm war.

Nach einer guten halben Stunde erreichte ich den Einsatzort unterhalb des Vatnajökulls und staunte: Aufgereiht vor drei Spezialfahrzeugen, die den eisbedeckten Gletscher befahren konnten, lehnten aufrecht gestellt, 55 Paar Schneeschuhe. Der Lärm von einem Dutzend Snow-Scootern drang an meine Ohren und das Gebell von den Hunden vor den abfahrbereiten Schlitten.

Noch nie hatte ich so viele meiner Kollegen auf einmal gesehen.

„Wie viele sind wir denn?", fragte ich fassungslos den Einsatzleiter, neben dem ich geparkt hatte.

„Zweihundertfünfzig Mann! Ein Teil ist schon unterwegs. Und wir brauchen dringend Ablösung."

„Zweihundertfünfzig Mann? Du willst mich auf den Arm nehmen?"

Anstatt mir zu antworten, nickte er nur geistesabwesend und reichte mir ein Paar Schneeschuhe. Ich schüttelte ungläubig meinen Kopf, schlüpfte in die Schuhe, fingerte mit der freien Hand nach meinen Handschuhen, die noch im Wagen lagen, und setzte die Kapuze des Schneeanzuges auf. Dann bildeten zehn Kollegen und ich eine menschliche Kette und stapften zu

Fuß durch die Eis-und Schneehölle. Dabei positionierten wir uns mit einen Meter Abstand zueinander, um möglichst breitflächig suchen zu können. Starke Kopflampen, die zu unserer Grundausstattung gehörten, leuchteten uns den Weg. Nun kam es darauf an, dass wir uns nicht aus den Augen verloren. Andere Kollegen hatten ebenfalls eine Kette gebildet, waren aber in eine andere Richtung unterwegs. Wieder andere kamen uns erschöpft entgegen, überglücklich eine Pause einlegen zu können. In der Ferne hörten wir die Motorengeräusche der Snow-Scooter, die inzwischen auch gestartet waren.

Unterwegs bergauf wechselten wir kaum ein Wort miteinander: Der Wind rauschte derart in unseren Ohren, dass ein Gespräch ohnehin unmöglich gewesen wäre, und gleichzeitig raubte er uns den Atem.

Stunde um Stunde verging. Und nichts geschah. Wir konnten ihn einfach nicht finden.

Das kann er nicht überleben! Unmöglich – nicht in dieser Kälte!

Je mehr Zeit verstrich, desto sicherer wurde ich mir, dass wir ihn, wenn überhaupt, nicht mehr lebend auffinden würden. Und ich ärgerte mich über diesen Idioten. Warum hatte er sein Telefon nicht eingesteckt? Es musste doch inzwischen jedermann wissen, dass die Rettungswacht technisch gut genug ausgerüstet war, um jedes mobile Gerät aufzuspüren.

Allmählich ließen unsere Kräfte nach. Wir brauchten dringend eine Pause und setzten uns in den Schnee. Dabei achteten wir darauf, ganz dicht zusammenzurücken. Denn so konnten wir uns gegenseitig vor dem Sturm schützen und endlich miteinander sprechen.

„Der lebt nicht mehr", kam von dem Kollegen an meiner rechten Seite.

„Ob er nun lebt oder nicht, wir müssen ihn finden", warf der Kollege links von mir ein.

„Der ist seit heute Morgen als vermisst gemeldet. Jetzt ist es mitten in der Nacht. Also ich rechne mit dem Schlimmsten."

Während meine Kollegen sich weiter unterhielten, nutzte ich die kleine Verschnaufpause um nachzudenken: *Seine Frau sagt, er ist auf die Jagd gegangen, schon früh am Morgen, um seine quotierten Schneehühner zu schießen. Würde ich dafür ganz auf das Dach des Vatnajökulls steigen? Nein – natürlich nicht. Ich würde unterhalb bleiben, dort wo es für die Hühner, zwischen all dem Eis und Schnee noch ausreichend Triebe und Flechten zu picken gibt.*

„Wir sollten wieder ein Stückchen bergab steigen und nach einem Schneehaufen suchen", schlug ich vor.

„Du meinst, er hat sich eingegraben?"

„Wenn er klug war, ja."

Dann nahm ich das Funkgerät und informierte unseren Einsatzleiter, denn plötzlich war ich mir sicher, dass wir irgendwo unterhalb unserer jetzigen Position suchen mussten und dort den Jäger mit ein wenig Glück noch lebendig auffinden würden. Vielleicht war er gar nicht in irgendeine Spalte gestürzt, sondern hatte bei dem Schneesturm schlicht die Orientierung verloren.

Erneut bildeten wir eine Kette, hielten uns diesmal an den Händen, damit wir so nah wie möglich zusammenblieben, und begannen fieberhaft mit der Suche in der von mir vorgeschlagenen Richtung. Ich hatte die Hoffnung, dass einer von uns irgendwann gegen einen solchen Schneehaufen treten würde, wenn wir nur dicht genug beieinanderblieben.

Und auch den Einsatzleiter hatte ich von meiner Theorie überzeugen können, denn ich bemerkte, dass die anderen Rettungsteams ebenfalls umgekehrt waren.

Die Zeit verging. Kostbare Zeit, die über Leben und Tod des Jägers entscheiden konnte, denn inzwischen waren mehr als 14 Stunden für den armen Mann vergangen.

Nach weiteren dreißig Minuten kam endlich der erlösende Funkspruch. „An alle: Wir haben ihn, er lebt!"

Ich spürte, wie ein Aufatmen durch das Team ging und dann beeilten wir uns, wieder zu unserem Ausgangspunkt zurückzukommen, der inzwischen hell erleuchtet war. Zehn starke Bergungslampen waren hier an einen Generator angeschlossen. Und die meisten Einsatzkräfte der Rettungswacht, die alle aus Freiwilligen bestanden, scharten sich rund um den Jäger, der in ihrer Mitte stand. Eingehüllt in wärmende Wolldecken.

„Der Sturm hat mich überrascht", erklärte er gerade. „Ich konnte die Hand vor Augen nicht sehen und habe mein Auto nicht wiedergefunden." Seine Worte klangen in unseren Ohren wie eine Entschuldigung. Dabei waren wir alle glücklich, dass er unversehrt geblieben war.

Wie ich vermutet hatte, hatte er sich tatsächlich in den Schnee eingegraben. Wie er das von seinem Vater gelernt hatte.

Als ich mich schließlich erleichtert und vollkommen erschöpft in mein Auto setzte und die Frontscheinwerfer einschaltete, entdeckte ich im Lichtkegel drei Schneehühner, die jetzt am frühen Morgen auf Futtersuche waren.

Ihr habt ebenso Glück gehabt, ihr seid vollkommen unberührt davongekommen, dachte ich und grinste. Dann startete ich den Motor und sagte zu mir selbst: „Warum, um Himmels willen liegt die Schneehuhn-Jagdsaison ausgerechnet im November?"

NACHWORT

Aller Anfang ist schwer – aber als eine meiner Kurzgeschichten, das Finale eines deutschen Literaturpreises erreichte, beschloss ich, dieses Buch zu schreiben. Und zwar genau dieses Buch: Denn plötzlich war ich davon überzeugt, Menschen mit meinen Geschichten aus Island zu berühren. Und das war der Grund, warum ich mich auf Spurensuche begab. Ich wollte Geschichten hören, finden und erzählen, die uns berühren, zum Lachen bringen und vielleicht nachdenklich stimmen.

Daher möchte ich zuerst all den Menschen danken, die mich bei der Entstehung des Buches unterstützt haben. Hier gilt mein besonderer Dank, dem Künstler Àrni Hjörleifsson, der mir seine wundervollen Bilder für dieses Buch zur Verfügung gestellt hat. In stundenlanger Arbeit haben wir gemeinsam die Bilder in seinem Atelier ausgewählt. Während dieses Auswahlprozesses, vertraute er mir seine eigene Geschichte an. Ich habe sie nacherzählt in der Geschichte: GEBROCHEN.

Weiteren Dank möchte ich meinem Mann Sveinn aussprechen, der mich und meine Launen, während der Schreibphase mit Gelassenheit ertragen hat und ebenfalls Geschichten beisteuern konnte, die mich wieder einmal, herzhaft über „meine" Insel und die Bewohner lachen ließen.

Dank auch an Ulrike und Irene. Für die tolle Zusammenarbeit und euren unermüdlichen Beistand während des Lektorates.

Weiteren Dank schulde ich auch meinen beiden Freundinnen Susi und Marion, die als Islandkennerinnen, immer wieder als

Testleser fungierten und so einen wertvollen Beitrag zur Entstehung des Buches geleistet haben.

Und ich danke, all den anderen Menschen, die hier nicht namentlich aufgeführt sind, die mit ihren Geschichten und ihrer Unterstützung dazu beigetragen haben, dass dieses kleine Büchlein entstanden ist.

Helena Iko Blóm ist in Nordrhein-Westfalen aufgewachsen und lebt heute mit ihrem isländischen Mann und dessen Familie auf Island. Gemeinsam trainieren sie Pferde. Oftmals sind es verhaltensauffällige Pferde, die bei ihnen eine Chance auf ein neues Leben bekommen. Helena selbst beschäftigt sich mit der Pferdekommunikation und gibt hierzu Kurse auch in Deutschland. Ein Buch zu schreiben, war ihr Lebenstraum, der mit -So tickt Island- endlich in Erfüllung ging. Mehr über die Autorin erfahren Sie auf ihrer Facebook-Seite: Helena Iko Blóm

Irene Hohe
Islandfieber
Irene Hohe
Skratti und Gnyfari
Islandfieber II
Irene Hohe
Take it easy, Isi!
Islandfieber III
Schuldig!
Die Schattenseiten des Hofes Sólfari
Heidi König
Heidi König
Heidi König
Jule
... nur die Möwen
kennen meine Einsamkeit
Antje Diewerge
Wo
Hufe sind,
ist auch
ein
Pferd
Antje Diewerge
Tölter bevorzugt
Antje Diewerge
Neubeginn für Svadilfari

Margit Heumann
fabelhafte
Islandpferde
Roman
Lebenslänglich
Islandpferde
Ein Hobby mit Konsequenzen
Margit Heumann
Wir sind die
ISI-KIDS
Eine Reitlehre für Kinder
Margit Heumann
Noi
Erfahrungen mit einem Islandpferd
Kerstin Kehl
Henriette Arriens
Farben und
Farbvererbung
beim Pferd
- Islandpferde -
Donia und die
Islandpferde
Antje Diewerge
Donia auf
dem Islandhof
Donia, Island
und die Folgen
Sammelband
Ruhe sanft
im
HOTZENWALD
Reiterkrimi
Der Farbensammler
KERSTIN WAAS
HISTORISCHER KRIMINALROMAN
Die Ponys
von Löwenstein
Conny Döring